致青春——『青春诗会』40年

贰

《诗刊》社 编

第一卷（第一届—第五届）
第二卷（第六届—第十届）
第三卷（第十一届—第十五届）
第四卷（第十六届—第十九届）
第五卷（第二十届—第二十三届）
第六卷（第二十四届—第二十七届）
第七卷（第二十八届—第三十二届）
第八卷（第三十三届—第三十六届）

中国书籍出版社
China Book Press

图书在版编目（CIP）数据

致青春："青春诗会"40年：全八卷. 第二卷 /《诗刊》社编. — 北京：中国书籍出版社, 2021.5

ISBN 978-7-5068-8464-8

Ⅰ. ①致… Ⅱ. ①诗… Ⅲ. ①诗集 — 中国 — 当代 Ⅳ. ①I227

中国版本图书馆CIP数据核字（2021）第077885号

致青春——"青春诗会"40 年：全八卷 • 第二卷

《诗刊》社 编

图书策划 王晓笛 武 斌
责任编辑 牛 超
特约编辑 罗路晗
责任印制 孙马飞 马 芝
装帧设计 旺忘望
出版发行 中国书籍出版社
地 址 北京市丰台区三路居路 97 号（邮编：100073）
电 话 （010）52257143（总编室）（010）52257140（发行部）
电子邮箱 eo@chinabp.com.cn
经 销 全国新华书店
印 刷 三河市华东印刷有限公司
开 本 880毫米 × 1230毫米 1/32
字 数 205千字
印 张 8.5
版 次 2021年5月第1版
印 次 2021年5月第1次印刷
书 号 ISBN 978-7-5068-8464-8
定 价 480.00 元（全八卷）

版权所有 翻印必究

目录

第六届

第七届

第八届

第
十
届

青春诗会

第六届

1986

第六届（1986 年）

时间：

1986 年 8 月 24 日 ~9 月 14 日

地点：

山西太原—五台山—云冈

指导老师：

王燕生、雷　霆

参会学员（15 人）：

于　坚、阿　吾、伊　甸、晓　桦、宋　琳、韩　东、翟永明、阎月君、车前子、水　舟、吉狄马加、老　河、潞　潞、张锐锋、葛根图娅

第六届“青春诗会”指导老师与学员在大同云冈石窟合影。前排左起：伊甸、韩东、于坚；后排左起：宋琳、老河、阎月君、王燕生、讲解员、翟永明、葛根图娅、车前子、雷霆、吉狄马加、水舟、阿吾

诗人档案

于坚（1954~　），四川资阳人，生于昆明。诗人、作家。云南师范大学教授。20世纪80年代“第三代诗歌”运动代表人物，具有国际影响的中国诗人。写作涉及诗歌、散文、小说、评论等各个门类。同时也是成就突出的摄影师、纪录片导演。

那时我正骑车回家

于　坚

那时我正骑车回家
那时我正骑在明晃晃的大路
忽然间　一阵大风裹住了世界
太阳摇晃　城市一片乱响
人们全都停下　闭上眼睛
仿佛被卷入　某种不可预知的命运
在昏暗中站立　一动不动
像是一块块远古的石头　彼此隔绝
又像一种真相
暗示着我们如此热爱的人生
我没有穿风衣　也没有戴墨镜
我无法预测任何一个明天
我也不能万事俱备再出家门
城市像是被卷进了　天空

我和沙粒一起滚动
刚才我还以为风很遥远
或在远方的海上
或在外省的山中
刚才我还以为
它是在长安
在某个年代吹着渭水
风小的时候
有人揉了揉眼睛
说是秋天来了
我偶尔听到此话
就看见满目秋天
刚才我正骑车回家
刚才我正骑在明晃晃的大路
只是一瞬　树叶就落满了路面
只是一瞬　我已进入秋天

那時我正騎车回家　于堅

那時我正騎车回家
那時我正騎车在明晃晃的大路
忽然間一陣大风裹住了世界
太阳摇晃城市一片乱响
人们全都停下闭上眼睛
彷佛被卷入
某种不可预知的命运
在昏暗中站立一动不动

像是一块块远古的石头
又像一种真像
暗示我们如此热爱的人生
我没有穿风衣　也没有戴墨镜
我无法預测任何一个明天
也不能万事俱备再出家门
城市像是被卷入了天空
我和沙粒一起滚动

刚才我还以为风很遥远
或在远方的海上
或在外省的山中
刚才我还以为
它是在长安
在某个年代吹着渭水
风小的时候

有人揉了揉眼睛
說是秋天来了
我偶尔听到此話
就看見滿目秋天
刚才我正骑车回家
刚才我正骑在明晃晃的大路
只是瞬 树叶就落满了路面
只是一瞬 我已進入秋天

庚子春 浪中雨抄 于堅

诗人档案

阿吾（1965～　），当代著名诗人，思想者。生于重庆，原名戴钢。1986年6月在《诗刊》首次推出的“大学生诗座”头条发表处女作《看我中国》《元宵夜随想》《四维感受》，同年8月出席《诗刊》社第六届“青春诗会”，发表《写写东方》。部分作品被翻译成英、法、德、西班牙语介绍到国外。2005年下半年，阿吾重新潜心于文学、哲学，“阿吾归来”成为引人注目的诗歌现象。2007年出版首部诗集《足以安慰曾经的沧桑》，哲学随笔集《角度陷阱与人生误区》。近年的代表作有《我们一家都生在河边》《一九八四年的夏天来了》《写作的姿势与生存的方法》《一生写一个情字》《一年三百六十五句》《向黑暗扔一块石头》《长诗》等。

最近我常常听见远方的声音

阿　吾

最近我常常听见
远方的声音
很轻
但能唤醒我的肉体和心灵
向两只耳朵靠拢
我斜靠在破旧的沙发上
微闭双眼
想象声音的行程
它源起于海面之巅
流走的云朵
横跨岸边的悬崖
翻越大小山岭
拂过宽阔的田畴

溪涧、河流、湖泊
到达四川盆地
从朝天门进入重庆
沿高层建筑的轮廓
分散于大街小巷
最后剩下微弱的气息
被我吸收
死在我的幻觉里

最近我常常听见远方的声音

阿吾

最近我常常听见
远方的声音
很轻
但能唤醒我的肉体和心灵
向两只耳朵靠拢
我斜靠在破旧的沙发上
微闭双眼
想象声音的行程
它源起于海面之巅
流走的云朵
横跨岸边的悬崖
翻越大小山岭

拂过宽阔的田畴
溪涧、河流、湖泊
到达四川盆地
从朝天门进入重庆
沿高层建筑的轮廓
分散于大街小巷
最后剩下微弱的气息
被我吸收
死在我的幻觉里

2009.2.1.

诗人档案

伊甸（1953~　），出生于浙江海宁。中国作家协会会员。出版诗集《石头·剪子·布》《黑暗中的河流》《颤栗和祈祷》《承受》，散文集《疼痛和仰望》《别挡住我的太阳光》《明亮的事物》，小说集《铁罐》。作品选入《新中国五十年诗选》《八十年代诗选》《90年代实力诗人诗选》《当代诗歌精品》《中国当代抒情诗100首》《1978~2008中国诗典》《21世纪中国最佳诗歌》《散文精选》《感动中学生的100篇散文》等百余种选本。现居浙江嘉兴。

西部拓荒者

伊　甸

荒原铁青着脸向人类挑衅你呼啸而去

一亿年如一瞬时间的死亡是最悲惨的死亡
诺亚方舟早已失踪
你把上帝捏在手心大踏步迈进

漠风把你的脸颊涂成骆驼的颜色
手掌布满山岩的皱褶
一群野马从你胸膛里飞腾而出

太阳伸手可及地平线抬腿就能跨越
人间恩怨如沙包飘移
唯征服者的道路通向历史深处
银河一般永恒

终于你的每一根毛发长成葡萄藤
四下蔓延
结无数幻想之果
从此你的名字即使是一棵茇茇草
也会有绿色的气息远远播散

西部拓荒者

伊甸

荒原铁青着脸向人类挑衅。你呼啸而去

一亿年如一瞬。时间的死亡是最悲惨的死亡
诺亚方舟早已失踪
你把上帝捏在手心大踏步迈进

漠风把你的脸颊涂成骆驼的颜色
手掌布满山岩的皱褶
一群野马从你胸膛里飞腾而去

太阳伸手可及。地平线抬腿就能跨越
人间恩怨如沙包穿风移
唯征服者的道路通向历史深处
银河一般永恒

终于你的每一根毛发长成葡萄藤
四下蔓延　　　　结无数幻想之果
从此你的名字即使是一棵茂茂草
也会有绿色的气息远远播散

1986.9.3于太原第六届青春诗会

诗人档案

李晓桦（1955~　），生于上海，在北京长大。从军20余年。现居北京。曾就读于辽宁大学中文系（末代工农兵学员）和北京师范大学中文系（研究生班），获文学硕士学位。20世纪80年代获得过《青春》《解放军文艺》《青年文学》等刊物奖，中国作家协会全国第三届优秀新诗（集）奖。1986年参加《诗刊》社第六届"青春诗会"。

我希望你以军人的身份再生

——致额尔金勋爵

晓　桦

我佩服你
——额尔金勋爵
你敢于发布这样的命令
把古老东方的京都
投进熊熊大火
在每片飞灰上写下你的姓氏
扬遍全世界的每处角落
在每寸焦土里埋下你的名字
和野草岁岁生长

我不佩服你
——额尔金勋爵
你根本没有敌手

没有敌手却建树功勋的英雄
比拼杀中倒下的战败者还耻辱
焚烧一座没有抵抗的园林
践踏一片不会说话的土地
那是小孩子的手都能胜任的
何用军人的膂力
但你毕竟以你的壮举
给你的后裔们留下
足以在餐桌上大嚼永远的威名
给你民族发黄的编年史
订上火光闪闪的骄傲的一页

我好恨
恨我没早生一个世纪
使我能与你对视着站立在
阴森幽暗的古堡
晨光微露的旷野
要么我拾起你扔下的白手套
要么你接住我甩过去的剑
要么你我各乘一匹战马

远远离开遮天的帅旗
离开如云的战阵
决胜负于城下

我更希望你以军人的身份再生
当然我决不会用原子武器
对你那单发的火枪
像你用重炮摧毁冷兵器
我希望你是
装备精良训练有素的军人
你会满意的
你的对手不再是猛勇而愚钝的
僧格林沁

在此
我谨向世界提醒一句
从我们这一代起
中国将不再给任何国度的军人
提供创造荣誉建立功勋的机会

我希望你以军人的身份再生
——致额尔金勋爵

李晓桦

我佩服你
——额尔金勋爵
你敢于发布这样的命令
　　把古老东方的京都
　　投进熊熊大火
在每片飞灰上写下你的姓氏
扬遍全世界的每处角落
在每寸焦土里埋下你的名字
和野草岁岁生长

我不佩服你
——额尔金勋爵
你根本没有敌手
没有敌手都进封功勋的英雄
比拼杀中倒下的战败者还耻辱
焚烧一座没有抵抗的园林
践踏一片不会说话的土地

那是小孩子的手都能胜任的
何用军人的臂力
但你毕竟以你的壮举
给你的后裔们留下
足以在史桌上大嚼永远的威名

给你发霉发黄的编年史
订上光亮闪闪的发黄的一页

我好恨
恨我没早生一个世纪
使我能与你对视着站立在
　　阴森幽暗的古堡
　　晨光微露的旷野
要么我捡起你掷下的白手套
要么你接住我甩过去的剑
要么你我各乘一匹战马
远远离开遮天的帅旗
　　离开如云的战阵
　　决胜负于城下

我更希望你以军人的身份再生
当然我绝不会用原子武器
对你那单发的火枪

像你用重炮摧毁冷兵器
我希望你是
　　装备精良训练有素的军人
你会满意的
你的对手不再是猛勇而愚钝的
　　僧格林沁

在此
我谨向世界提醒一句
从我们这一代起
中国将不再给任何国度的军人
提供创造荣誉建立功勋的机会

1984年写于北京

诗人档案

宋琳（1959~　），生于福建厦门，祖籍宁德。1986年参加《诗刊》社青春诗会。1991年移居法国，现居大理。著有诗集《城市人》（合集）、《门厅》、《断片与骊歌》（中法）、《城墙与落日》（中法）、《雪夜访戴》、《口信》、《宋琳诗选》、《星期天的麻雀》（中英）等，随笔集《对移动冰川的不断接近》《俄尔甫斯回头》。曾获鹿特丹国际诗歌节奖、《上海文学》奖、东荡子诗歌奖、昌耀诗歌奖、2020南方文学盛典年度诗人奖等奖项，诗集《星期天的麻雀》（徐贞敏译）获39届美国北加州图书奖诗歌翻译奖。

空　白

宋　琳

在那里时间解放了我们。一只翅膀最红，遮着世界，而另一只已经轻柔地在远处扇动。

——埃利蒂斯《勇士的睡眠》

去过的地方离我们并不遥远
憋足了气慢跑就能赶上，一些容颜古旧的鸟
胸脯里装满谷粒
我的口袋里装满了钱
去白得耀眼的房顶上滑雪
跌落时会有一阵恐惧的心跳　脚发软
身体的下面很深
晚上在铁道旁的旅店里光着身睡眠
隔着棚木可以看见
肌肤若冰雪

方寸之间有一丛绒毛粘上福分
与窗外灵性的草没有两样
无声地蔓延
直到月蚀　天上出现空白

那一切都挨得很近
火柴和烟斗　屁股和脸　宗教和艺术
两个半圆轻轻合起
像下巴上的嘴　用呼吸吹奏死亡
最美的花在城市附近的村舍微笑
没有人知道她的身世
父王的脑髓被神点了天灯
我想起枫丹白露之夕
画匠们拖着雪橇云集　争论什么是空白
房客有了主人——这是我的财产
你们随便使用吧
午夜的另一面是墙壁　突破
你可以继续赶路
我把手枕在头下　身体便缓慢飘过
所有去过的地方
城市的停尸房里有我的熟人
绰约若处子
可怜的脚涂满了泥巴　手松开一片死光

空白

在那裡時間解放了我們。一隻翅膀最紅
遮著世界，而另一隻已輕柔地在遠處扇動。

——埃利蒂斯《勇士的睡眠》

去過的地方離我們並不遙遠
憋足了氣慢跑就能趕上。一些容顏古舊的鳥
胸脯裡裝滿穀粒
我的口袋裡裝滿了錢
去白得耀眼的房頂上滑雪
跌落時會有一陣恐懼的心跳，腳發軟
身體的下面很海
晚上在鐵道旁的旅店裡赤著身睡眠
隔著柵木可以看見
肌膚若冰雪
方寸之間有一叢絨毛粘上福分
與窗外靈性的草沒有兩樣
無聲地蔓延
直到月蝕，天上出現空白

那一切都挨得很近
火柴和煙斗，腰和臂，宗教和藝術
兩個半圓輕輕合起
像下巴上的嘴，用呼吸吹奏死亡
最美的花在城市附近的村舍微笑
沒有人知道她的身世

父王的腦髓被神明點了天燈
我想起祖母白露之夕
畫匠們拖着雪橇雲朵，爭論什麼是空白
房客有了主人——這是我的財產
你們隨便使用吧
午夜的另一面是牆壁，突破
你可以繼續趕路
我把手枕在頭下，身體便緩緩飄過
所有去過的地方
城市的停屍房裡有我的熟人
綽約若處子
可憐的腳塗滿了泥巴，手鑿開一片死光

宋琳
1986/6/2 作
2020/7/2 抄

诗人档案

翟永明（1955~　），女，祖籍河南，出生于四川成都，知识分子写作诗群代表诗人之一。1981 年开始发表诗作，1984 年完成了大型组诗《女人》，该组诗在 1986 年《诗刊》社的“青春诗会”专栏发表之后，引发了巨大的轰动。1986 年参加了《诗刊》社第六届“青春诗会”。作品曾被翻译成为英、德、日、荷兰等国文字。1986 年出版第一本诗集《女人》(漓江出版社)；陆续出版诗集《在一切玫瑰之上》《翟永明诗集》《黑夜中的素歌》《称之为一切》《终于使我周转不灵》；1997 年出版散文集《纸上建筑》，出版随笔集《坚韧的破碎之花》《纽约，纽约以西》。现居成都写作兼经营“白夜”酒吧。

独　白

翟永明

我，一个狂想，充满深渊的魅力
偶然被你诞生。泥土和天空
二者合一，你把我叫作女人
并强化了我的身体

我是软得像水的白色羽毛体
你把我捧在手上，我就容纳这个世界
穿着肉体凡胎，在阳光下
我是如此炫目，是你难以置信

我是最温柔最懂事的女人
看穿一切却愿分担一切
渴望一个冬天，一个巨大的黑夜
以心为界，我想握住你的手

但在你的面前　我的姿态就是一种惨败

当你走时，我的痛苦
要把我的心从口中呕出
用爱杀死你，这是谁的禁忌？
太阳为全世界升起！我只为了你
以最仇恨的柔情蜜意贯注你全身
从脚至顶，我有我的方式

一片呼救声，灵魂也能伸出手？
大海作为我的血液　就能把我
高举到落日脚下，有谁记得我？
但我所记得的，绝不仅仅是一生

独白

我．一个狂想．
充满深渊的魅力
二者合一 你把我叫作女人
并强化了我的身体

我是软得像水的白色羽毛体
你把我捧在手上 我就容纳这个世界
穿着肉体凡胎 在阳光下
我是如此眩目 使你难以置信

我是最温柔最懂事的女人
看穿一切却愿分担一切
渴望一个冬天 一个巨大的黑夜
以心为界 我想握住你的手
但在你的面前 我的姿态就是一种惨败

当你走时　我们痛苦
要把我们心从口中呕出
用爱杀死你　这是谁的禁忌？
太阳为全世界升起　我只为了你

一片呼救声　灵魂也能伸出手？
大海作为我们血液　就能把我
高举到落日脚下　有谁记得我？
但我所记得的　绝不仅仅是一生

诗人档案

阎月君（1958～），女，辽宁人，诗人。1986年参加《诗刊》社第六届“青春诗会”。曾主编有《朦胧诗选》。著有诗集《月的中国》《忧伤与造句》等。

月的中国

阎月君

江天一色无纤尘　皎皎空中孤月轮
江畔何人初见月　江月何时初照人
——张若虚《春江花月夜》

从未曾去过也不曾有来
所有的日子播种在窗外
唯一的裤子精心洗了又晒
年年盼年　年年吃去春的野菜

年年把月放在江里
年年用九歌的魄把她嫁娶
我们喝江中的水
喝她永不枯竭的隐秘
并得知祖先曾喝过她的水
被她吮干过

我们是她心甘情愿的鱼儿
争宠吃醋受苦于她的河
我们恋着的双腿永是成不了佛了

我们在春天只痴心于一种花
说不尽勿忘我勿忘我的悄悄话
我们把这花儿一路栽种下去
便再也走不出走不出这块土地

对酒当歌　歌山光也歌水色
拍遍栏杆　摸红叶的台阶
长空浩瀚啊　银河是一条流向何处的河
夕阳西下　伊人断肠在天涯
瘦马瘦马哟　犹自吻落花

在东方朗碧的天空下
有清泪千年蜿蜒为芬芳
一行黄河　一行长江
寒蝉凄切　何人独对长亭晚凉
落红飞花　荷锄怅惘的是哪一家的姑娘
基督基督你永不会读懂
这神秘多情的东方之泪
更不必说　那凤毁于火亦生于火
那披发浪子当哭的长歌

我和庄生并不隔膜

有我的时候就有蝴蝶

有我的时候就有苏东坡的月色

月色总在有雾的江边等着

从前李白曾踏歌来过

那以后的屐声便夜夜从未断过

月呵月　你吮尽了中国

月呵月　你化作金灿灿的颜色

那金黄的颜色是龙的颜色

月呵月呵　你是中国

寒食夜　见河汉袅袅你浑圆将落

那满月之上装满了什么

有什么舞着且歌着

纵使欢乐盛满五千年也是沉甸甸的

更何况太多的苦痛与伤别

而我们仍把你当少女的唇吻着

当慈母的怀抱倾吐着

当圣洁的天使崇拜着

我们是心甘情愿的鱼儿

死去　活着　游弋于你的河

我们恋着的魂纵使飞天也成不了佛了

永是

一串串清泪呵

一声声中国

月的中国

阎月君

江天一色无纤尘
皎皎空中孤月轮
江畔何人初见月
江月何年初照人
——张若虚《春江花月夜》

从来曾去过也不曾有来
所有的日子播种在窗外
唯一的孩子精心洗了又晒
年年盼年 年年吃去春的野菜

年年把月放进江里
年年用九歌的魄把她嫁娶
我们喝江中的水
喝她永不枯竭的隐秘
并得知祖先曾喝过她的水
被她吮干过
我们是她心甘情愿的鱼儿
争宠吃醋贫苦于她的河
我们恋着的双腿永是成不了佛了

我们在春天只痴心于一种花
说不尽勿忘我 勿忘我的情情话

我们把这花儿一路播种下去
便再也走不出 走不出这块土地

对酒当歌 歌山光也歌水色
拍遍栏杆 摸红叶的台阶
长空浩瀚呀 银河是一条流向何处的河
夕阳西下 伊人断肠在天涯
瘦马瘦马哟 犹自吻落花

在东方眺望的天空下
有清泪千年蜿蜒为芬芳
一行黄河 一行长江
寒蝉凄切 何人独对长亭晚凉
落红飞花 荷锄怅惘的是谁家姑娘
基督基督 你永不会读懂
这神秘多情的东方之泪
更不必说那凤毁于火又生于火
那披发浪子当哭的长歌

我和庄生并不隔膜
有我的时候就有蝴蝶
有我的时候就有苏东坡的月色
月色总在有雾的江边等着

从前李白曾踏歌来过
那之后的屐声夜夜从来断过

月呀月　你吃尽了中国
月呀月　你化作金灿灿的颜色
那金黄的颜色是龙的颜色
月呀月呀　你是中国

寒食夜　见河汉翕翕你浑圆将落
那满月之上装满了什么
有什么舞着且歌着
纵使欢乐盛满五千年也是沉甸甸的
更何况太多的苦痛与伤别

而我们仍把你当少女的唇吻着
当慈母的怀抱倾吐着
当圣洁的天使崇拜着
我们是心甘情愿的鱼儿
死去　活着　游弋于你的河
我们丢着魂纵使飞天也成不了佛了

永是
一串串清泪呵
一声声中国

诗人档案

车前子（1963~　），原名顾盼，生于苏州，现居北京。出版有诗集《正经》《新骑手与马：车前子诗选集 1978~2016》《发明》《算命》等和散文随笔集《明月前身》《木瓜玩》《云头花朵》《苏州慢》等三十余种。对他而言，“诗人选本中的自我，仅仅是件艺术品”，如此而已。

一颗葡萄

车前子

一颗葡萄被结实的水
涨得沉甸甸沉甸甸后，坠落了

坠落就是展开的过程

这颗葡萄像一架绿色的软梯一直拖到了大地上

结实的水被泥土吮干
那些核就仿佛从一扇门里出来
又开始爬向梯顶
葡萄更多更多乱哄哄地说
跳呵跳呵一起往下跳

从很遥远的地方

跳下　跳下
我们　我们
一直跳到大地上

梯子从自己的影子中探长双手叉开两腿
梯子把黑暗的影子从身上脱下

从很遥远的地方
我们跳下后又爬上梯顶超越墙头眺望天外
接近天堂的是梯子穿过地狱的是门

星球转动我们生生死死
但有一颗葡萄不会消失
这颗葡萄像一架绿色的软梯从高处展开一直拖
到了大地上

一颗葡萄

顾城

一颗葡萄被结实的水
涨得沉甸甸沉甸甸后，坠落了。

坠落就是展开的过程。

这颗葡萄像一架绿色的软梯一直拖到了大地上。

结实的水被泥土吮干。
那些接就仿佛从一扇门里出来
又开始爬向梯顶。
人们更多，更多，乱哄哄说
跳啊跳啊一起往下跳。

从很遥远的地方
跳下。 跳下
我们。 我们
一直跳到大地上。

梯子从自己的影子中探长双手又开双腿
梯子把黑暗的影子从身上脱下。

从很遥远的地方超越墙头跳过天外。
我们跳下后又爬上梯顶
接近天堂的是梯子穿过地狱的是门。

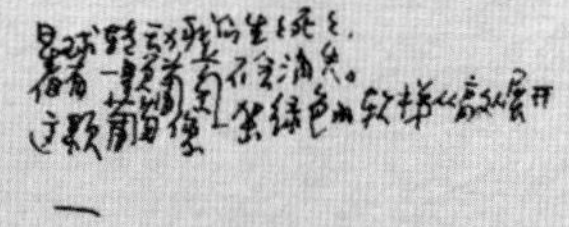

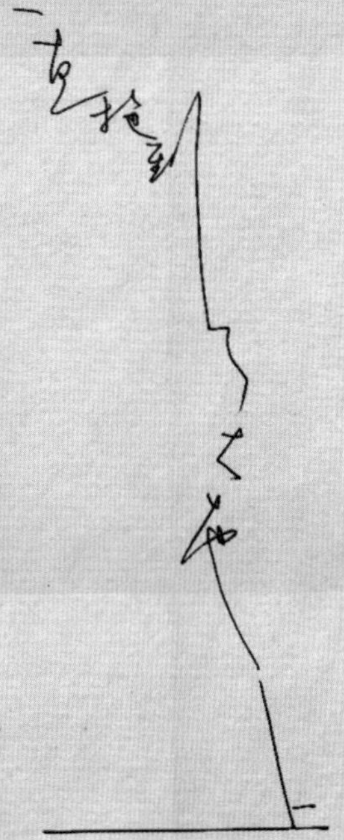

诗人档案

水舟（1954~ ），湖北鄂州人。1976年开始发表作品。1982年毕业于武汉大学。1986年参加《诗刊》社第六届“青春诗会”。1991年出席全国青年作家创作会议并加入中国作家协会。著有诗文集、小说集、长篇小说若干。曾两度荣获《北京文学》奖。

三婶的补锅匠

水 舟

一声吆喝
叫破她的遐思与寂寞

她的世界很静寂
终日于家门口缝补着日子
天知道前世有什么罪孽
阎王爷让她孤单一人
和屋檐下的腌菜一齐风干

据说，一根稻草
可搭救一个溺水者

秋天的黄昏富于灾难性
她晕倒在井边

补锅老汉把她背回屋里
从此，一声声吆喝
便生动了她晚年的风景

她帮他做点什么
他给她讲点什么
她和他都很快活

快活的时间总是短了些

后来，她再没有见到他
一阵涟漪
世界复归寂静
唯黄昏时分
她能听见一种声音
很远，很轻
如春天的落叶

三婶的补锅匠

水舟

一声吆喝
叫破她的遐思与寂寞

她的世界很静寂
终日于家门口缝补着日子
天知道前世有什么邪孽
阎王爷让她孤单一人
和屋檐下的腌菜一齐风干

据说，一根稻草
可拯救一个溺水者

秋天的黄昏富于灾难性
她晕倒在井边
补锅老汉把她背回屋里

从此，一声声吆喝
便生动了她晚年的风景

她帮他做点什么
他给她讲点什么
她和他都很快活

快活的时光总是短了些

后来，她再没有见到他
一阵迷惘
世界复归沉静
唯黄昏时分
她能听见一种声音
很远，很轻
如春天的落叶

原载《诗刊》1986年11期

诗人档案

吉狄马加（1961～ ），彝族，四川凉山人，是中国当代最具代表性的诗人之一，同时也是一位具有广泛影响的国际性诗人。其诗歌已被翻译成近四十种文字，在世界几十个国家出版了近九十种版本的翻译诗集。出版诗集《鹰翅与太阳》、《身份》、《火焰与词语》、《我，雪豹……》、《从雪豹到马雅可夫斯基》、《献给妈妈的二十首十四行诗》、《吉狄马加的诗》、《大河》（多语种长诗）等。曾获中国作家协会全国第三届新诗（集）奖、郭沫若文学奖荣誉奖、庄重文文学奖、柔刚诗歌荣誉奖、国际华人诗人笔会中国诗魂奖及欧洲诗歌与艺术荷马奖等多种奖项。创办了青海湖国际诗歌节以及成都国际诗歌周等国际反诗歌品牌。

部落的节奏

吉狄马加

在充满宁静的时候
我也能察觉
它掀起的欲望
爬满了我的灵魂
引来一阵阵风暴

在自由漫步的时候
我也能感到
它激发的冲动
奔流在我的体内
想驱赶一双腿
去疯狂地迅跑

在甜蜜安睡的时候

我也能发现
它牵出的思念
萦绕在我的大脑
让梦终夜地失眠

呵，我知道
多少年来
就是这种神奇的力量
它让我的右手
在淡淡的忧郁中
写下了关于彝人的诗行

部落的节奏

吉狄马加

在充满宁静的时候
我也能察觉
它掀起的欲望
爬满了我的灵魂
引来一陣陣風暴

在自由漫步的时候
我也能感到
它激发的冲動
奔流在我的体内
想把我一雙腿
去疯狂地奔跑

在甜蜜安睡的时候
我也能发现

它萌出的思念——
萦绕在我的大脑
使梦终夜的失眠

呵，我知道
多少年来
就是这种神奇的力量
它攥我的右手
在淡淡的忧郁中
写出了关于爱人的诗行

録青春诗会旧
作一首 2020.9.7

诗人档案

老河（1957～　），本名陈建祖，出生于太原。中国作家协会会员。20世纪80年代初开始文学创作，与潞潞、李杜等创办山西大学《北国》诗刊。诗作1985年获首届“赵树理文学奖”。1986年参加《诗刊》社第六届“青春诗会”，1987年后停止诗歌创作。1990年出版诗集《忧郁的桦树林》。代表作《哀魂》《雪线》《云冈石窟》《啊，黄河》等。作品曾被收入《20世纪中国抒情诗选》《建国60周年山西文学·诗歌卷》等。

致马特伊·加斯帕尔

——写在“50亿人口日”

老　河

7月11日将永远属于你
幸运的马特伊·加斯帕尔
萨格勒布因53厘米的你而吉祥
地球因3600克的你而失重
眼睛，人类巨大的眼睛痛哭着幸福
泪水汇成河流　祖先是源头
你像一盏航标灯　马特伊·加斯帕尔

我的女儿诞生在今年早春
是一朵黄皮肤的漂亮小花
你像玫瑰像湖水
会长成一棵壮硕的菩提
某天你们像亲友聚在某个地方

为和平为天下父母唱起《圣母颂》

我在东方，长着浓密的黑胡子
我为你祝福以一个父亲的名义
巴尔干半岛的星空灿烂无垠
我们是被同一方墨蓝覆盖着
马特伊·加斯帕尔

致马特伊、加斯帕尔，

——写在"50亿人口日"

陈建祖

7月11日将永远属于你
幸运的马特伊、加斯帕尔
萨格勒布因53厘米的你而吉祥
地球因3600克的你而失重
眼睛，人类巨大的眼睛期望着幸福
湖水记录河流　祖先是源头
你像一盏航标灯　马特伊、加斯帕尔

我的女儿诞生在今年早春
是一朵黄皮肤的漂亮小花
你像玫瑰色湖水
会长成一棵壮硕的菩提
真愿你们家亲友聚在某个地方
为和平为天下父母唱起《圣母颂》

我在东方，长着浓密的黑胡子
我为你祝福以一个父亲的名义
也像系于半岛的星空 灿烂在眼
我们是被同一片星空覆盖着
子蝶伊·加斯帕尔

写于1987年夏，12年后前南斯拉夫诗歌节
才知道子蝶伊·加斯帕尔的命运

诗人档案

潞潞（1956~　），本名杨潞生，山西垣曲人。20世纪70年代末开始写诗，1986年参加《诗刊》社第六届“青春诗会”。曾获《人民文学》优秀诗歌奖、赵树理文学奖等奖项。著有诗集《肩的雕塑》、《携带的花园》、《潞潞无题诗》、《潞潞短诗选》(英汉对照)、《潞潞诗集1980~2010》等。

老　歌

潞　潞

那天打开窗子
听到一首
忘掉名字的老歌

远远地
唱歌的人在河边
只看见他的帽子

他一定满腹心事
穿越稀疏的丛林
送来他的忧伤

我也记起
过去的事情
多半像这老歌
忘掉了名字

老歌

潞潞

那天打开窗子
听到一首
忘掉名字的老歌

远远地
唱歌的人在河边
只看见他的帽子

他一定满腹心事
穿越稀疏的丛林
送来他的忧伤

我也记起
过去的事情
多半像这首歌
忘掉了名字

为第六届"青春诗会"而作

1986.8

诗人档案

张锐锋（1960~ ），山西原平人。诗人、作家。被誉为“新散文”代表作家之一。1986年参加《诗刊》社第六届“青春诗会”。20世纪90年代开始发表作品。2000年加入中国作家协会。著有长篇小说《火焰》，长篇科幻小说《隐没的王国》，散文集《幽火》《别人的宫殿》《飞箭》《蝴蝶的翅膀》《皱纹》《世界的形象》等。曾获山西文学奖、共青团“五个一工程”奖、山东省报刊文学一等奖、《大家》红河文学奖等奖项。

颤栗的视野（节选）

张锐锋

一

……潮已远去
仿佛忽然消失在一个鼓噪的盛夏
所有的眼睛闭合
唯一片苍茫如醉

海滩是多情的
留下我的草帽与鞋
海。松软的海滩和远翔的鸥
接受了我的初赠
夜砰然飞临
折断翅膀的鹭
坠失在我幽深的井底
竟没有溅起水声

火焰一样飘动的潮

都到哪里去了
我们会重逢么
会在一座泥屋中聚集么
围住噼啪作响的火盆
长久对视：忽然发现彼此的眼
对换了深处的颜色
你是丢失的记忆
我原本是海的潮汐

二

故乡遍布漩涡的河面，是
我手上转动的粗瓷碗
旭日初启
嵯峨的山廓却开始下沉
我的身后没有布景
迟钝的信天游捏住我的喉咙

阴暗的林间小路走入我的身体
草一样缠绕我的心
我的心是荒草里潜藏的石头

四

鹿群自由奔突
跃动它雄性的角
那被残暴的猎手砍伤的桅
追逐被远浪囚禁的
……落日的皇冠
我凝视这悲壮的景象
我默诵这辽阔的海
海潮奔逐

远远的海滩有一片雪白的盐

颤栗的视野

张锐锋

一

……潮已远去。
仿佛已经消失在一个故乡的盛夏。
所有的眼睛闭合
唯一片苍茫如醉

海滩是多情的
留下我的草帽与鞋
海。拾贝的海滩和远翔的鸥
接受了我的礼赠。
夜骤然飞临
折断翅膀的鹭
坠失在我幽深的井底
竟没有溅起水声。
火焰一样飘动的潮

却到哪里去了呢
我们会重逢么
会在一座泥屋中聚集么
围住劈啪作响的火盆
长久对视，忽然发现彼此的眼
对换了深处的颜色
你是丢失的记忆
我原本是海的潮汐

二

故乡海在旋转的旧画，是
我手上转动的粗瓷碗
想的初启
嵯峨我的心廓却开始下沉
我的身后没有布景，
还给它的信天游捏住我的僵死
阴暗的林间小路走入我的身体
草一样缠绕我的心
我的心是荒草里潜藏的石头

四

鹿群自由奔寻家。
摇动它雄性的角
那被残暴的猎手砍伤的枪
追逐被追的图书的。
……落日的空旷。

我凝视这雄壮的景象。
我是讨论这辽阔的海。
海潮寻逐。

远远的海滩有一片雪白的盐。

第六届“青春诗会”侧记

王燕生　雷　霆

一年一度的《诗刊》社“青春诗会”，今年是在山西召开的。十五位青年诗人从天南地北纷纭而至，熟悉的名字，陌生的面孔，一旦相聚，便融汇成一个亲密无间的诗人家族。或许团结、紧张已经成为“青春诗会”的传统，或许一切认真的艺术家走到一起必然产生这种团结、紧张的氛围。为时二十二天的第六届“青春诗会”就是在这种良好的氛围中度过的。

从报到的第二天开始，每天上午、下午、晚上连轴转，交流、讨论作品。会议是在一间较大的住房里进行的，座位不够，不少人便席地而坐。这样便节省了每天一百五十元的会议室租金。与其他任何行业的专业性会议相比，这似乎带有象征的意味。好在这些诗人并不计较条件，他们认为席地谈诗与在辉煌的殿堂里谈诗并没有什么区别。讨论是认真和中肯的，有时意见近于挑剔尖刻，然而除了增进相互了解绝无不良后果。讨论常常延续到夜间十一点，可很少有人立即就寝，不是相互继续交谈，便是创作、修改作品，甚至到凌晨三四点钟才上床。

从这十五位青年诗人的作品和艺术主张，可以大体看到年轻人诗歌创作的走向。首先，十五个人十五副面孔，他们既不按旧模式、也不按新模式创作，各走各的路。再没有一种放之四海而皆准的诗歌模式了，他们都强调自己的语言体系。他们之间最明显的共同点，是要求诗歌回到诗歌本身，要求诗歌按照自身的内在规律发展，起到诗歌本身应当起到的作用，而不把诗歌当作其他任何东西。他们说：对于诗的非诗的要求太多了，诗的负担太重，犹如当今的个体户。他们信为：诗是一种生命，是一种生活方式；作为普通人的诗人，首先要恢复自身的平等。诗人寻求的是心灵的真实。源于生命的深刻才是真正的深刻。因此，要让诗与人的个性与本性更接近，让灵魂与你亲近。

他们不赞同到有文化遗址的地方去找文化，到历史中去寻历史，就像没有必要为了把诗写得深刻才去读哲学一样。对于一个真诚生活的人、孜孜好学的人，所有人类的智慧只能居住在自己的体内。看世界只有一个窗口，这就是自己。

他们当中，有些人的创作实践和艺术探索并未得到社会的普遍承

第六届“青春诗会”期间，参会老师及学员与忻州本地诗友合影

第六届"青春诗会"期间，指导老师王燕生（左）与路路合影

第六届"青春诗会"期间，指导老师雷霆与车前子、路路、晓桦合影

认。有位青年诗人接到与会通知书时，非常感动，他周围的许多年轻诗友都不相信他真的会被《诗刊》重视。到会之后，他更亲身体会到，《诗刊》是真心诚意盼望着各色花草共同来丰富诗苑的。

也许由于偶然，十五位青年中有十四位毕业于大专院校。这种文化构成的比例，在以往任何一届中是不曾有过的。这可不可以视作青年诗人队伍素质上的一种进步呢？社会发展和诗歌发展，确实为本届"青春诗会"带来了不小的变化。在与他们相处中，可以感受到他们的博学，中外古今，天上人间，打破了自身的封闭。这样去做人，会是一个充实的人；这样去写诗，会使诗丰厚起来。

当然，不可能把他们放到一把尺子的同一个刻度内。何止是相貌、性格各异，对于诗的追求也是各不相同。每个人的自身才是值得开垦的沃土。广为吸收而又拉大与一切人和诗的距离，这是他们寻找自己时的最普通的原则。于坚和韩东已通信数年，先一天到达的于坚拿到

第六届“青春诗会”期间，一行人于五台山留影。左起：翟永明、潞潞、宋琳、车前子、水舟

韩东让接站的电报却有些发愁，他不知道这位神交之友的尊容。他们被认为是风格最相近的，其实，也是南辕北辙。于坚认为诗近似书法，是一种语感的流动，这种流动的语感便是全部，正如同人们欣赏书法，只看其气势和线条，而不去寻找所写汉字的含义。韩东则在把握瞬间体验时，力求自然。他一再声明他的诗背后不藏什么东西。晓桦从法制学习班赶来。他过去侧重写军人意识（他是六届“青春诗会”中唯一的军人），现在则把目光投向常常使人困惑的生活和人生，希望每首诗都能多层次地表现出原本十分复杂的世界。潞潞在写了许多具有阳刚之气的诗篇之后，一反常态，写下了不少宁静、恬淡的新作。与其说是他追求新的变化，不如说是对他自身的一次新发现。车前子是唯一没有文凭的，七个月时患了小儿麻痹症，右腿留下残疾；写诗以后又受到批评。他很乐观、顽强。他承认自己的诗属于精巧的小玩意儿。在讨论了他作品的当夜，他几乎彻夜未眠，写出了《一个拐腿人想踢一场足球》这样感人的诗。水舟是农村长大的，关注农民的命运，他以《父老乡亲》为题，写了许多诗反映不正常年代的乡间生活。他希望自己的诗写得真诚和深沉，能有更多的人读懂。伊甸自费去了西部，风尘仆仆，刚返回嘉兴，又匆匆赶来参加诗会。他是一个现实主义诗人，关注祖国大地发生的一切。他丢开带来的一批旧作，在很紧张的日程中完成了几首切近现实的诗。吉狄马加和葛根图娅是两位少数民族青年，他们血液中的民族文化、民族意识，为他们的歌唱提供了独到的条件。前者常以欣喜和忧郁的目光注视诞生的土地；后者则认为她是带着与生

“姐妹花”左起：翟永明、阎月君、葛根图娅

王燕生与翟永明、阎月君、葛根图娅

俱来的弱点写诗。同是少数民族，谁也不会把他们的诗画上等号。翟永明学的是理工，却得宠于缪斯。她的诗不多，却都是源于生命的东西。作为女性，她感受生命的律动是微妙而独到的，把女性心理表达得这般细腻的女诗人并不很多。阎月君以她的《月之中国》引起诗坛注目，她的诗从中国古典诗词中汲取了精华，又糅进一些台湾诗的韵味，形成自己的路数。她的诗能在柔婉中显示豪放。宋琳在诗会期间连收几封家人生病的电报，他坚持了下来。他的诗写得较怪，意象丛生且新异。他并不认为好懂的便是好诗；自古以来就有不好懂的诗。当然，他也承认自己的不成熟。阿吾二十二岁，本届最年轻的。在北大学地理，毕业后竟攻读哲学研究生。他觉得我们正处于东、西方文明冲突和现实中人与理想中非人的冲突之中，他在这期间寻找完整或零碎的自由。

山西这几年，有一茬青年诗作者在破土生长，这也是诗会选在山西的主要原因。张锐锋和老河是作为这一批青年中的代表列席诗会的。他们同诗友们一样认真地磋商诗艺、修改作品，而且充当向导，筹集登五台山用的寒衣，额外尽了一份地主之谊。可惜原定参加此次诗会的李琦和秦岭因故未能出席。

《诗刊》社主编张志民、杨子敏对这次“青春诗会”非常重视，要求把这次会开好。他们认为青年诗人的成长，对于诗歌事业的前途是至关重要的，他们希望“青春诗会”一届比一届开得更好。副主编刘湛秋特地从北京赶到太原几天，仔细阅读青年诗人的全部作品，夜以继日地切磋谈心，帮助他们把诗改得更好，并使有些诗人又创作了较为成功的新作。我们作为《诗刊》社委派的责任编辑与他们朝夕相处，严慈相加，成为忘年之交。因此，与会的青年诗人都感到这次“青春诗会”达到了预想不到的效果。

紧张之余的轻松才是真正的轻松。这些青年诗人并不是苦行僧，他们有时也甩两把扑克，他们也有他们感兴味的闲谈。有时候，在夜深人静之后，一群人跑到太原美丽的街心花园里去唱歌。他们也爱跳舞。在五台山上，他们成了登山家。在云冈石窟，他们又像远来的艺术朝圣者。韩东是个雄辩家，于坚曾多次展现他的书画才能，阎月君也有机会表演了她的烹饪技艺。而被伙伴们称之为“江南小才子”的车前子，在这三方面并不逊于他们三个人。

二十二天，转瞬间过去了，诗友们依依不舍地分了手。但他们谁也不会忘记这二十二天。

1986年9月22~24日

青春诗会

第七届

1987

第七届（1987 年）

时间：

1987 年 8 月 24 日 ~ 9 月 12 日

地点：

河北秦皇岛

指导老师：

刘湛秋、王燕生、王家新

参会学员（16 人）：

宫　辉、张子选、杨　克、乔　迈、力　虹、赵天山、李晓梅、西　川、刘　虹、陈东东、欧阳江河、郭力家、简　宁、程宝林、庄永春、郑道远

第七届“青春诗会”与会者在北戴河海滨留影。前排左起：王家新辅导员、王燕生老师、杨克、李晓梅、郭力家、简宁、刘虹；后排左起：庄永春、欧阳江河、程宝林、宫辉、乔迈、张子选、陈东东、西川、刘湛秋老师、赵天山、郑道远、老木（《文艺报》记者）、力虹

诗人档案

宫辉（1960～　），诗人，作家，现居上海和苏州。毕业于北京大学中文系。二十世纪八十年代初涉足文学创作。1987年参加《诗刊》社第七届“青春诗会”。著有诗集《城市四重奏》《为共和国服务》《因为你是公民》等十余种。诗歌入选中国青年出版社《青年诗选》《中国新生代诗赏析》多种全国诗歌年度选本。获《青春》首届中国当代大学生诗歌奖（1988）、《江南》优秀诗歌奖（1986）、第三届和第四届中国铁路文学奖等奖项。

清明雨

宫　辉

彩电中心　播音员预报有间断小雨
热带丛林　报务员呼叫雨季攻势
护士们冒雨越出坑道
女大学生披着好看的雨披在地铁口等人

一个青年酗酒后喊着要喝水
一个伤兵正用舌尖舔着山岩上的青苔
细长的绷带上血如绽放的木棉
江南白堤的桃花开了一片又一片

许多叫不出名字的兄弟
是乘着我开的军列去最南方的
他们让我为战争写篇墓志铭
他们说：士兵们会记得我，只要还活着

八年的间断小雨下得我坐卧不安
去心理咨询处一问才知道我患了一种病
叫怀念症
这些年正在我们城市里流行……

清明雨

宫辉

彩电中心。播音员预报有间断小雨。
热带丛林。报务员呼叫雨季攻势。
战士们冒雨越出坑道。
女大学生披着好看的雨披在地铁口等人。

一个青年酗酒后喊着要喝水。
一个伤兵正用舌尖舔着山岩上的青苔。
细长的绷带上血如绽放的木棉。
江南白堤的桃花开了一片又一片。

许多叫不出名字的兄弟，
是乘着我开的军列去最南方的。
他们让我为战争写篇墓志铭。
他们说：士兵们会记得我，只要还活着。

八年的间断小雨下得我坐卧不安。
去心理咨询处一问才知道我患了一种病，
叫做怀念症。
这些年正在我们城市里流行……

参加第七届"青春诗会"前
写于一九八七年三月 杭州松木場
重抄于庚子年夏天太湖黄金水岸

诗人档案

张子选（1962～ ），出生于云南，祖籍辽宁抚顺。诗人、编剧。业余写作四十余载。1987年参加《诗刊》社第七届"青春诗会"。主要以《阿克塞》《西部故事》《超现实村庄》《东方情绪》《藏地诗篇》等系列组诗形式，练笔示人。出版有诗集、散文集等。现居北京。系《中国汉字听写大会》《中国成语大会》《见字如面》等几档文化综艺节目总编剧。

西北偏西

张子选

西北偏西
一个我去过的地方
没有高粱没有高粱也没有高粱
羊群啃食石头上的阳光
我和一个牧羊人互相拍了拍肩膀
又拍了拍肩膀
走了很远这才发现自己
还不曾转过头去回望
心里一阵迷惘
天空中飘满了老鹰们的翅膀
提起西北偏西
我时常满面泪光

西北偏西

张子选

西北偏西
一个我去过的地方
没有高粱没有高粱也没有高粱
羊群啃食石头上的阳光
我和一个牧羊人互相拍了拍肩膀
又拍了拍肩膀
走了很远这才发现自己
还不曾转过头去回望
心里一阵迷惘
天空中飘满了老鹰们的翅膀
提起西北偏西
我时常满面泪光

1986.6.26. 于阿克塞

诗人档案

杨克（1957~　），广西人。诗人。1987年参加《诗刊》社第七届“青春诗会”，久居广州。出版《杨克的诗》《有关与无关》《我说出了风的形状》等十一部中文诗集、四部散文随笔集和一本文集，在日本思潮社、美国俄克拉荷马大学出版社等出版八种外语诗集。作品被翻译为十六种语言在国外发表。

某种状况

杨　克

钢盔和迷彩服上的弹洞
张大嘴巴合唱
让世界充满爱
蝴蝶咬破庄周的梦境
落在康定斯基的花朵上
一只死去的眼睛盈动泪水
红蝙蝠黄蝙蝠优美了二十岁的
夏天，六月的少女很鸽子
慈父给爱子买了一副玩具手铐
酒窝布下生命的陷阱
慈善机构为筹集残疾人福利基金
举办惊心动魄的拳击比赛
红地毯上的踢踏声
噼啪噼啪踩着乡间音乐的节拍
艺术家争论孤独气氛热烈

某种状态

杨克

钢盔和迷彩服上的弹洞
张大嘴也会唱
让世界充满爱
蝴蝶咬破庄周的梦境
落在褪色断茎的花朵上
一只死去的眼睛盈动泪水
红蜻蜓黄蜻蜓优美了二楼的
夏天，六月的少女很舒了
慈父给儿子买了一副玩具手铐
酒窝布下生命的陷阱
慈善机构为寿星残疾人福利基金
举办惊心动魄的豪华比赛
红地毯上的踢踏舞
呐喊以嘶哑以踩着分明音乐的节拍
艺术也争论张扬气氛极了

1987年"青春诗会"

诗人档案

乔迈（1964~ ），女，本名程琳，生于武汉市。1992年下海经商。处女诗作《我们》获"武汉地区青年诗歌大赛"一等奖。1987年参加《诗刊》社第七届"青春诗会"。曾有众多作品结集于《中国当代青年女诗人诗选》《女诗人诗抄》等选本。现为高科技领域专业投资人。

海是从上往下流的

乔　迈

你不是初吻。这又怎么呢
远远看去你潇洒
黑烟沸腾。我们走了没有

有一日看见鸡蛋敲开冒出两只雏鸡
想起你来
目光穷尽时发现
海是从上往下流的
蝮蛇和石头随它一同泻下
毕加索又在画女人。他离女人很近
突然找到一个距离。眼睛是女人的
一上一下
我的朋友的结婚照裸在大街上

他说想抒情：对魔鬼或天使
柏拉图从另一个门进来说：哦，错怪你了
我是真正的眩晕：
这季节，血是从下往上流的

海是从上往下流的

乔迈

你不是初吻。这又怎么呢
远远看去你潇洒
黑烟沸腾。我们走了没有

有一日看见鸡蛋敲开冒出两只雏鸡
想起你来
目光穷尽时发现
海是从上往下流的
蝮蛇和石头随它一同落下
毕加索又在画女人。他离女人很近
突然找到一个距离。眼睛是女人的

一上一下
我的朋友的结婚照裸在大街上
他说想抒情：对魔鬼或天使
柏拉图从第一个门进来说：哦，错怪你们
我是真正的眩晕：
这季节，血是从下往上流的

诗人档案

赵天山（1954～　），祖籍河北，自幼生长于新疆。1986年毕业于辽宁文学院。自二十世纪八十年代初从事文学创作，1987年参加《诗刊》社第七届“青春诗会”。出版有诗集《天云山》，长篇小说《西圣地》等。作品曾获《十月》文学奖、《青年文学》奖、东三省优秀文学奖等多项奖项。现居辽宁。

钻塔林

赵天山

终于有这样的黎明
一个民族的希望不再是长城兵马俑
而这片葱茏
肯定不是夸父丢弃的桃林

枝桠是铁
根须是钢
由风所煽动的啸声是金属
并且伟岸——在远古和未来的界河之滩

白垩纪奥陶期新生代及大片废墟
中国的植被层很厚
墙上的柱上的屋檐上的许多龙
远不如钻塔林上空的黑色龙生动

月亮不再是秋柿被古文人捏来捏去
钻塔林的银盔在黑夜亢奋
不再宽容夏蝉喋喋不休
而集结一群精壮汉子和一种火的精神
钻塔林没有树荫

风沙湮没了钟鼎剑戟
合金钢钻头便是破译神秘的一种语系
中国的希望之乳
在地球和黎明深处
尽管还有枯藤缠绕钻塔林的踝骨
尽管还有风暴抽打钻塔林的胸脯
钻塔林仍把很粗的血管
从容地
插入东方古老的肌肤

旧木纷纷颓败的原野
大片繁殖不仅仅是金属的组合
——它——是——树

黑色的海啸（组诗）

赵天山

钻塔林

终于有这样的黎明
一个民族的希望不再是长城兵马俑
而这片葱笼
肯定不是丢弃的桃林

枝桠是铁
根须是钢
由风所煽动的啸声是金属
并且伟岸——在远古和未来的界河之滩

白垩纪奥陶期新生代及大片废墟
中国的植被层很厚
墙上的柱上的屋檐上的许多龙
远不如钻塔林上空的黑色龙生动

月亮不再是秋柿被古人捏来捏去
钻塔林的银盔在黑夜亢奋
不再宽容夏蝉喋喋不休

而集结一群精壮汉子和一种火的精神
钻塔林没有树荫

风沙湮没了钟鼎剑戟
合金钢钻头便是破译神秘的一种语系
中国的希望之乳
在地球和黎明深处
尽管还有枯藤缠绕钻塔林的裸骨
尽管还有风暴抽打钻塔林的胸脯
钻塔林仍把很粗的血管
从容地
插入东方古老的肌肤

旧木纷纷颓败的原野
大片繁殖不仅仅是金属的组合
——它——是——树

诗人档案

李晓梅（1963~　），女，生于南京。中国作家协会会员，中国电视纪录片学会会员。1981年起，在《诗刊》《人民文学》《星星》《人民日报》《北京文学》《绿风》等报刊发表文学作品。1987年参加《诗刊》社第七届“青春诗会”。1992年获“全国羊年处女诗集选拔大赛”一等奖，1995年出版《李晓梅诗选》。作品先后多次被收入《全国年度诗选》《经典朗诵诗选》《中国当代青年女诗人诗选》《20世纪华文爱情诗大典》《汉诗》等数十种诗歌选本。现居山东日照和北京。

奉神农

李晓梅

神农
我恍然大悟我原来竟然是一副药
或者用药来比喻我的一生
必须把自己严严实实地封好
在人和兽靠近之前
如果无处可藏
必须把自己弄得粉身碎骨
混入足以稀释我的河流
混入足以淹灭我的泥土
当然更多的时候是一点一点掰下我
弄碎我煎熬我　给人治病

你嚼尝过所有的植物
日遇七十二剧毒

醒来还要续尝玉石虫兽
我已拒绝一棵无名的草
让我顶着那么苦的吞咽
那么险的分毫　那么疼的断肠
因为生死攸关而生死与共
药与要与不要
何止七十二毒
最毒的是比药还苦的苦苦哀求
最怕的是那些偷药的孩子
舔食糖衣吞下炮弹
割舍乳、血、筋、骨入药
炮制灵仙、豆蔻、当归为药
奈何良药成瘾也是毒药
且药瘾无药能救
健忘无医能治

据说你看见一株叶片相对而生的藤上
花萼在一张一合地翕动

那抢先一步
把叶子放进嘴里的人
知道这断肠草又名钩吻
我看见虎豹的肠子一节一节地断开
就像你看见深渊把高原一层层切开
怒放的花朵在悬崖上烽火般簌簌急摇
那些植物的根系在地下吸吮了什么
那些叶片和花瓣在空中光合了什么
那些倒毙在瘟疫中的无辜说了什么
让你为人间尝出的最后一味药
是断肠

奉神农

李晓桦

神农
我恍然大悟我原来竟然是一付药
或者用药来比喻我们一生
必须把自己严严实实地封好
在人和兽靠近之前
如果无处可藏
必须把自己弄得粉身碎骨
混入足以稀释我们河流
混入足以滋养我们泥土
当然更多的时候是一点一点称下我
弄碎我煎熬我 给人治病

你嚼完过所有的植物
日遇七十二剧毒
醒来还要尝完金石虫兽
我已拒绝一棵无名的草
让我顶着那么苦的香咽
那么险的分毫 那么疼的断肠

因为出于险恶的生存需要
药有毒与不毒
何止七十二毒
最毒的是她的药还是他的苦苦哀求
最怕的是那些偷药的孩子
馋食糖衣吞下炮弹
割舍乳、血、筋、骨入药
炮制灵仙、豆蔻、当归为药
杂病良药戒瘾也是毒药
且药瘾无药能救
但意无医能治

据说你看它一株叶片相对而生的的藤上
花蕾在一张一合地翕动
那抢先一步
把叶子放进嘴里的人
知道这断肠草又名钩吻

我曾见虎豹的肠子一节一节地断开
我停看见深渊把高原一层层切开
想起的花朵在悬崖上烽火般簌簌急燥
那些植物的根系在地下吸吮了什么
那些叶片和花瓣在空中光合了什么
那些倒影在瘟疫中向无辜说了什么
让你为人间尘世的最后一味药
是断肠

2019年9月27日

诗人档案

西川（1963~ ），原名刘军，出生于江苏省徐州市。知识分子写作诗群代表诗人之一。北京师范大学终身特聘教授。二十世纪八十年代开始从事诗歌创作，1985年毕业于北京大学英文系。曾获《十月》文学奖、《上海文学》奖、《人民文学》奖、现代汉诗奖、联合国教科文组织阿奇伯格奖修金、鲁迅文学奖、美国弗里曼基金会奖修金（2002）等国内外奖项。被录入英国剑桥《杰出成就名人录》。著有诗集《中国的玫瑰》《隐秘的汇合》《虚构的家谱》《大意如此》《西川的诗》，散文集《水渍》《游荡与闲谈：一个中国人的印度之行》，随笔集《让蒙面人说话》，评著《外国文学名作导读本·诗歌卷》，译著巴恩斯通的博尔赫斯访问记《博尔赫斯八十忆旧》、美国诗人米沃什的回忆录《米沃什词典》（与人合著）。其部分作品已被译为英、法、荷、西、意、日等国语言。

挽　歌

西　川

一

死亡封住了我们的嘴

紧接着这一刻的是钟声漫过夏季的树木
是蓝天里鸟儿拍翅的声响
以及鸟儿在云层里的微弱的心跳
风已离开这座城市，犹如起锚的船
离开有河流奔涌的绿莹莹的大陆
你，一个打开草莓罐头的女孩
离开窗口；从此你用影子走路
用梦说话，用水中的姓名与我们做伴

死亡封住了我们的嘴

紧接着这一刻的是落日在河流上
婴儿在膝盖上，灰色的塔在城市的背脊上
我走进面目全非的街道
一天或一星期之后我还将走过这里
远离硝石的火焰和鹅卵石的清凉
我将想起一只杳无音信的鸽子
做一个放生的姿势，而其实我所希望的
是它悄悄回到我的心里

死亡封住了我们的嘴

在炎热的夏季里蝉所唱的歌不是歌
在炎热的夏季老人所讲的故事概不真实
在炎热的夏季山峰不是山峰，没有雾
在炎热的夏季村庄不是村庄，没有人
在炎热的夏季石头不是石头，而是金属
在炎热的夏季黑夜不是黑夜，没有其他人睡去
我所写下的诗也不是诗
我所想起的人也不是有血有肉的人

二

我永远不会知道是出于偶然还是愿望
你自高楼坠落到我们中间
这是一只流血的鹰雏坠落到

七月闷热的花圃里
多少人睁大眼睛听到这一噩耗
因为你的血溅洒在大街上
再不能和泥土分开
因为这不是故事里的死而是
真实的死；
无所谓美也无所谓丑
你永远离开了我们
永远留下了一个位置
因为这是真实的死，我们无语而立
语言只是为活人而存在
一条思想之路在七月的海水里消逝

你的血溅洒在大街上
隐藏在快乐与痛苦背后的茫然出现
门打开了，它来到我们面前，如此寂静
现在玫瑰到了怒放的时节
你那抚摸过命运的小手无力地放在身边
你的青春面孔模糊一片
是你少女胸脯开始生长蒿草
而你的脚开始接触到大地的内部
在你双眼失神的天幕上我看到
一个巨大的问号　一把镰刀收割生命
现在你要把我们拉入你
麻木的脑海，没有月光的深渊
使我不得不跪下来把你的眼睛合上

然后我也得把我自己的眼睛
深深地关闭，和你告别

三

把她带走吧
把荆花戴在她的头上
把她焚化在炉火里
那裂开的骨头不再是她

她不再飞起
回忆她短暂的爱
她不再飞起
回忆伤害过她的人

回忆我们晴朗的城市
她多云的向往
岩石里的花不是她
沉默中见到的苹果树的花

她不再飞起
我无法测度她的夏季
她不再需要真理
她已成为她自己的守护神

啊，她的水和种子
是我所不能祈祷的

水和种子
我不能为她祈祷

她睫毛上的雨水
迎接过什么样的老鼠
和北方的星辰
什么样的镀金的智慧

啊，她不再飞起
制伏她的泪
她的呼吸不再有
令人激动的韵律

四

我永远不会知道是出于偶然还是愿望
一个和你一样大的少女站立在我身旁
一个和你一样高的少女站立在我身旁
一个和你一样同名同姓的少女站立在我身旁
一个和你一样一样俏丽的少女站立在我身旁
远处市场上一片繁忙

当我带住生命的丝缰向你询问
生命的意义，你已不能用嘴来回答我
而是用这整个悲哀的傍晚
一大群少女站立在我的身旁
你死了，她们活着，战栗着，渴望生活

她们把你的血液接纳进自己的身体

多年以后心怀恐惧的母亲们回忆着
这一天（那是你世上的未来）
尸体被轻轻地盖上白布，夏季的雪
一具没有未来的尸体享受到刹那的宁静
于是不存在了，含苞欲放的月亮
不存在了，你紫色衫裙上的温热

我将用毕生的光阴走向你，不是吗？
多年以后风冲进这条大街
像一队士兵冲进来，唱着转战南北的歌
那时我看见我的手，带着
凌乱的刀伤展开在苹果树上
我将修改我这支离破碎的挽歌
让它为你恢复黎明的风貌

挽歌

一九七七年七月二十二日

死亡封住了我们的嘴

紧接着这一刻的是钟声漫过夏季的树木
是蓝天里鸟儿拍翅的声响
以及鸟儿在云层里的微弱的心跳
她已离开这座城市，犹如起锚的船
离开有河流奔涌的绿莹莹的大陆
你，一个打开草莓罐头的女孩
离开窗口；从此你用影子走路
用梦说话，用水中的姓名与我们做伴

死亡封住了我们的嘴

紧接着这一刻的是落日在河流上
婴儿在膝盖上，灰色的塔在城市的背脊上
我走进面目全非的街道
一天或一星期之后我还将来过这里
远离硝石的火焰和鹅卵石的清凉
我将想起一只杳无音信的鸽子
做一个放生的姿态，而其实我所希望的
是它悄悄回到我的心里

死亡封住了我们的嘴

在炎热的夏季蝉所唱的歌不是歌
在炎热的夏季老人所讲的故事就不真实
在炎热的夏季山峰不是山峰，没有雾
在炎热的夏季村庄不是村庄，没有人
在炎热的夏季石头不是石头，而是金属
在炎热的夏季黑夜不是黑夜，没有其他人睡去
我所写下的诗也不是诗
我所想起的人也不是有血有肉的人

西川 二零二零年八月二十三日
录二十三岁旧作一节

诗人档案

刘虹（1955~　），女。中国作协会员，北京生长。1976年始在海内外报刊迄今发表千余篇作品；出版六部诗集和一部文集。诗集曾获第三届中国女性文学奖、第七届广东省鲁迅文学奖、第三届《深圳青年》文学奖等。1987年参加《诗刊》社第七届“青春诗会”。2009年在北京举办了新书《虹的独唱》发布及作品研讨会。现居深圳。

向大海

刘　虹

面对你，所有不真实的都仿佛存在。

夕阳自焚的气息自深渊弥漫
你柔滑的掌上耸动一个粗野的世界
断裂之光劈开一片片跑马场
月亮在我狂欢的发梢备下金鞍
待一声口令，自宇宙之外
倾听你深沉的叹息
像倾听英雄的独白

而我此时，作为一个女人和你对视
这一刻，上苍疏忽了某个传统安排
也许我指尖走漏过
一叶白帆的潇洒

而信念恪守于高高把位
淌低音弦上你嘶吼的男性血
和你礁渚郁结的深重苦难
这使我顿感卑微
从此缄口，静如一条偈语

从此我满怀莫名的心酸：不似江河
你没有分支或歧路作为排泄
也不随手涂些沟沟汊汊的调情小令
不企望青苔的传说顾盼于两岸
诱你流连
在深谙世事的掌纹种植绝世孤独
狂蹈于飓风之上又执着于一点：
除朝圣之路你无从挥霍
那因抑郁而勃奋的剽悍之体，但
不苟且
你因此成为精血充盈的男人
成为东方的性征—— 一页补白

我，作为一个女人和你对视
当船舶的犁尖与雷电之鞭轮番
在你肌肤上纵横书写暴虐
当午后阳光扼你声带成史诗的碎片
和那从陌路涌来的惯于膜拜的面孔
都被你一次性曝光——
以不动声色的一瞥

你不羁的自由，是对纤绳的拒绝

于是，我得以从全方位包抄而来
被波涛托举成开花的时辰
渲染葬礼
在我辉煌的伤口敷你咸味的体贴
在死亡之上部署切肤之痛的——
爱！

我因而成为最蛮傲的情人
用凋落的泪光踩响格律
横贯多变奏主题，我飘逸如云
又时时为你雄浑的幽思所注满
驭饕餮之谷抖野性的缰绳
跨越整世纪情感的断层——
我只臣服于你的麾下，以女王临渊的姿态

此刻，我作为一个女人和你对视
有谁知道，你的浩瀚
只是我灵魂的一次宣泄
一行诗的剪影
一句箴言
我们是天生的不肖之徒据守阴阳两极
不忍，却又只能拒绝陆地的挽留
正如你以博大的沉默拒绝人类语言
命运将我封闭为一座礁石
却被你永恒的骚动宣布为另一种浪花：

每一次扑向你，都是向你诀别

那么，把我剥光于你容纳的目光吧
在晚霞不屑于披露天空的时刻
我恰如裸体的精灵，丰腴的美人鱼
以细润小手把幸福抚得粗糙难辨
曾在嶙峋的浪峰宣誓反抗
又于谷底隐忍了一切——
这是你我共有的高贵，抑或悲哀?

是的，我只能作为一个女人和你对视
当风暴撩起你旺盛的情欲如潮涌来
以岸之臂高扬雄性的招抚
我颤栗着，以空前的驯顺卧成
从不爽约的沙滩
把莹洁之躯展开为情书的段落
我青春的线条如月光滑翔
被你细细认读，或是节选。之后
又全部注入我的细节
而你此后将成为痴迷的浪游者
毕生行吟于我繁枝虬结的血管
唯你知道，如果不是这样
将是我一生的——惨败！……

哦，大海！我作为女人和你对视
面对你，所有真实的都不复存在了啊！

《向大海》

刘虹

面对你，所有不真实的都仿佛存在。

夕阳背负的气息自深渊弥漫
你柔滑的掌上舞动一个理想的世界
断裂之光骑乘一片片跑马场
月光在我独来的发梢垂下金簪
待一声口令，自觉留之外
倾听你深沉的叹息
像倾听英雄的独白

而我此时，作为一个女人和你对视
这一刻，上苍疏忽了某个传统安排
也许我将要走漏过
一叶白帆的潇洒
而信念将守于高高挺住
滴纸着弦上你嘶吼的男性血
和你礁石部落的深重苦难
这使我顿感卑微
从此缄口，静如一条偈语

从此我隐收着多的心机：不似江河
你没有分支或歧路作为排泄
也不随手深深浅浅的调情小令

不让望青苔的传说顽附于两岸
请你流连
直探诸世事的皱纹种植绝世孤独
狂热于呼风之士又执着于一点：
除翱翔之际你无从择栖
即因那那而勃奋的剽悍之伴，但
不苟且
你因而成为精血充盈的男人
成为东方的惺忪——一页妍白

我，作为一个女人和你对视
当船舶的舞步与雷电之节奏
在你胴脉上纵横书写篆隐
当午后阳光拨你声带成史诗的碎诗
和那从陌路涌来的黄子膜拜的面孔
都被你一次燃烧光——
以，不动声色的一瞥
你不羁的自由，是对纤绳的拒绝

于是，我得以从全方位包抄而来
被波涛托举成开花的时辰
隆重葬礼
在我这辉煌的伤口敷你坚实的体贴

直至亡之记部署切肤之痛的——
爱！

我因而成为最真挚的情人
用潮湿的阳光揉响格律
横贯多变柔主题，我飘逸如云
又时时扣你汪洋的幽思和波涛
驭饕餮之谷挣野性的缰绳
跨越整世纪情感的断层——
我只臣服于你的麾下，以女王临渊的姿态

此刻，我作为一个女人和你对视
明明知道，你的深邃
只是我灵魂的一次叛逆
一行诗的剪影
一句箴言
你仍是天生的不肖之徒搭乘阴阳两极
不忍，却又只能拒绝陆地的挽留
正如你，以博大的沉默拒绝人类语言
命运将我封闭为一座礁石
却被你永恒的骚动宣布为另一种浪花
每一次扑向你，都是向你诀别

那么，把我剥光于你容纳的日光吧
直至晚霞不屑于披露天空的时刻
我惊如裸体的精灵，丰腴的美人鱼
以细润小手把青铜抚得翻腾难抑
带血的咆哮的浪潮警醒反抗
又于谷底隐忍了一切——
这是你我共有的高贵，抑或悲哀？

是的，我作为一个女人和你对视
当风暴撩起你汹涌的情欲如潮涌来
以柔之臂高扬雄性的抵抗
我颤栗着，以轻柔的驯顺所成
从不更替的沙滩
把澎湃汹涌展开的情书的段落
我青春的线条如月光滑翔
被你细细地认读，或是节选之句
又全部注入我的细节
而你此后成为痴迷的浪游者
毕生行吟于我紧扣纠结的血管
唯你知道，如果不是这样
将是我一生的——惨败！……

啊，大海！我作为女人和你对视
面对你，所有其余的都不复存在了啊！

（作于1987年9月诗刊社第七届全国青春诗会秦皇岛海边）

诗人档案

欧阳江河（1956～　），生于四川泸州。诗人、诗学批评家，北京师范大学终身特聘教授。迄今已出版十三本中文诗集以及一本文论集。在国外出版四本德语诗集，两本英语诗集，一本法语诗集，三本西班牙语诗集，一本阿拉伯语诗集。在全球五十多所大学及文学中心讲学、朗诵。获华语文学传媒大奖年度诗歌奖（2010）及年度杰出作家奖（2016），十月文学奖（2015），英国剑桥大学诗歌银叶奖（2016），《芳草》杂志2019年度诗歌奖等国内外奖项。被视为二十世纪八十年代以来中国最重要的代表性诗人之一。

长诗《雪》（节选）

欧阳江河

雪中一条小路
通向真正安静的书房
眼前的大雪
与另一本书中的雪
对折起来，
事物与心灵保持接触

雪中一條小路通
向最安靜的
書房。眼前的大
雪與一本書
才能讓雪對折起
來，有物與心靈
保持接觸。

丙申秋 欧陽江河 书

诗人档案

郭力家（1958~　），出生于长春市。毕业于东北师范大学中文系。诗歌《远东女子》获1989年《作家》作品奖；诗歌《远东男子》收入《共和国五十周年作品选》，获2017年南京大学诗歌研究中心“第三代”诗歌代表人物奖。出版个人诗集《天真美如诗》《郭力家诗选》《东北美如诗》。

再度孤独

郭力家

又见秋叶寒枝树
又是孤舟启征程
青青子衿谁在唱
谁在唱
悠悠我心
再度孤独

记得不风清清漫过所有时辰
时辰若雪片片低吟爱你恨你
问君知否

知否知否
情到深处人孤独
知否知否我们相情千载
却无一席相别处

那个没有明天的早晨
那幅没有面貌的天空
那些没有目光的眼睛
就是你生活的最后领土
所以

活着那会儿你用所有心思
保护自己的苦楚
死去以后你用所有疼爱
安抚我的面容
任由止不住的岁月刀斧凿错
也不曾有过一刻你
离开了我
是么

纵然雾起黄昏纵然雾起黄昏
不再是你
衣履飘扬
啜饮月光不再有你的
芬芳入骨
纵然纵然纵然呵
曾经曾经借取了你太多的少年人泪
才慢慢擦亮了我的眼睛
我的眼睛亮了
你人却走了
冷雨落红传来最后一语

久违了
弟兄

这是世界上最冷的一句
多少个世纪过去了
我还没有感到什么是阳光
我记着一位少女的性命
旋即成了一笺遗嘱
逼人珍重

你让我亲眼目击是谁把
没有设防的心愿撕开一道血口
是谁把血口当作孩子们
非分的笑声
握住你的手你的手恳求我
去吧永远不减赴难的热情
可以忘却我像
可以忘却自己的名字
然而不要辜负我的
一捧坟土

坟土青青
坟土青青是你为我
绝世不变的年龄
所有年龄都在杀人然而
我的情人是个勇士

她善于用死亡对付死亡
她懂得用爱情征服生命
她生来就是艺术
从头到脚都在反抗人生

干得漂亮我的好姐妹
现在你死了我就更要用心记住
不是少年人的忧伤
总是等于零
不是我们太过年轻
世界就可出随便摆弄他们的姓名
不是你人去楼空物是人非两茫茫
我就真的允许你死去
不

我不习惯你这次出走
我拒绝接受你的死亡
因为因为还因为什么呢
在路上还是在你胸口上我真的
不敢细想
这事儿你死了以后心里当然更清楚
是不

又是灵台心设祭君日
又是孤舟启征程
相信今冬北国无从落雪

相信你眸底的思念
早已蔚然成冰
相信优美的生命
就是一曲无字的挽歌
时起时伏
相信你的黑发只能飘逝
谁也无法挽留
那么也请你记住
我的面孔

再度孤独
再度孤独

再度孤独

又见秋叶落枯树
又是孤舟在征程
青青子衿谁在唱
谁在唱
悠悠我心
再度孤独

往得不风浪浪漫过所有时辰
时辰若雪 后后低吟爱你 恨你
问君知否

知否知否
情到深处 人孤独
知否知否我们相恃千载
却无一诺 相别处

那个没有明天的早晨
那幅没有面貌的天空
那些没有目光的眼睛
就是你生活的最后领土
所以

活着那会儿 你用所有心思
保护自己的苦楚
死去以后 你用所有疼爱
安抚我的面容
任由止不住的岁月刀斧凿错
也不曾有过一刻 你
离开了我
怎么

纵然穿起盔甲纵然高举旗帜
不再等你
衣履渐扬
蓦然月光不再有你的
芳芳入骨
纵然纵然纵然如何
努力努力借取了你太多的少年人泪
才慢慢擦亮了我的眼睛
我的眼睛亮了
你人却老了
冷雨落红依来最后一语
可以忘却我你
可以忘却自己的名字
然而不要卒免我的
一捧坟土

坟土青青
坟土青青是你为我
绝世不变的年龄
所有年龄都在杀人然而
我的情人是个魔女
她善于用孤立对付孤立
以慢慢得用爱情征服生命
她生来就是
从头到脚都在反抗人生
不得潇洒我的好姐妹
可以忘却我你
可以忘却自己的名字
然而不要卒免我的
一捧坟土

坟土青青
坟土青青是你为我
绝世不变的年龄
所有年龄都在杀人然而
我的情人是个魔女
她善于用孤立对付孤立

心心懂得用爱情绝版生命
她生来就是
从头到脚都依仗指人生

不停潇潇我的好姐妹
现在你死了你就更要用心记住
不是少年人的忧伤
也是女子之套
不是我们太过年轻
世界就可以随便摆弄我们的生命
不是你人去楼空物是人非而茫茫
我就真的允许你死去
不

我不习惯你过早出走
我拒绝接受你的死亡
因为因为还因为什么呢
在路上还是在你胸口我真的
不敢细想
这事儿你死了以后心里当然更清楚
是不

又是灵台心设祭君日
又是孤舟后绝程
相信今冬北国无从降雪
相信你脑底思念
早已凝结成冰
相信你我的生命
就是一曲无字的挽歌
时起时伏
相信你的黑发只能翻越
但也无法挽留
那么也请你记住
我的面孔

再潜孤独
再度孤独

诗人档案

简宁(1963~),原名叶流传。安徽潜山人。1984年毕业于中国科技大学工程热物理系。1991年又毕业于鲁迅文学院研究生班。1982年开始发表作品。1987年参加《诗刊》社第七届“青春诗会”。1993年加入中国作家协会。著有诗集《倾听阳光》《天真》《简宁的诗》,翻译小说《女巫》,另有小说、散文、电影剧本问世。

二十四岁生日想起韩波

简　宁

我的情人是风
是沙滩后的玉米地里
又大又圆照亮穗花的月亮
一条沾满泥泞的小路
窜出黑压压吵闹的人群
踏破海岸线,它的狂吠
唤起波涛一阵又一阵浩荡
二十四岁的韩波躺在非洲的沙漠上

漂游的醉舟还在漂游
穿过地狱的一季
头饰鹰羽裸体奔跑的土人
从蛮荒时代的丛林里射出的一箭
遗落的箭镞躺在沙漠上

弯曲着枯瘦的红红的身体
犹如一截舌头
舔着非洲的太阳

一双光明的爪子
星群般的鱼阵
匆匆掠过海面
与珊瑚和我的诗歌一道沉默

让船队启航，我的情人是歌唱的帆
让细软的沙子埋没我的双膝
让我成为大地的一扇窗口一道月光

而雪白的浪花和海鸥环绕着
海边的母亲的小屋飞翔

二十四岁生日想起韩波

简宁

我的情人是风
是沙滩后的玉米地里
又大又圆照亮穗花的月亮
一条沾满泥泞的小路
穿出黑压压吵闹的人群
踏破海岸线，它的狂吠
唤起波涛一阵又一阵浩荡
二十四岁的韩波躺在非洲的沙漠上

漂游的醉舟还在漂游
穿过地狱的一季
头饰鹰羽裸体奔跑的土人

从蛮荒时代的丛林里射出的一箭
遗落的箭镞躺在沙漠上
弯曲着枯瘦的红红的身体
犹如一截舌头
舔着非洲的太阳

一双光明的爪子
星群般的鱼阵
匆匆掠过海面
与珊瑚和我的诗歌一道沉默

让船队启航，我的情人是歌唱的帆
让细软的沙子埋没我的双膝
让我成为大地的一扇窗口一道月光

而雪白的浪花和海鸥环绕着
海边的母亲的小屋飞翔

1987.9.5.于山海关

诗人档案

程宝林（1962~　），湖北荆门人。1982年7月发表诗歌处女作，1983年11月开始在《诗刊》发表作品。1987年参加《诗刊》社第七届“青春诗会”。1994年加入中国作家协会。著有诗集《雨季来临》《未启之门》《程宝林抒情诗拔萃》《纸的锋刃》《临街之窗——程宝林诗选》，英文诗集《 Li Po' s Cloth Shoes》，散文集《一个农民儿子的村庄实录》《故土苍茫》，长篇小说《美国戏台》等共二十二部，大量诗歌、散文被收入历年年选。

蝴　蝶

程宝林

我在车内，车在路上
路在四野里
田野在初夏
一群一群的白蝴蝶
暮春的幸存者

那样纤巧的翅膀
纯洁得令人伤心
扑蝶与化蝶的女子
终不免红颜薄命
带走自己的处女之身

奔驰的钢铁
与蝴蝶无缘

它们最多不过
在挡风玻璃上
轻轻一吻

车轮经过的路面
梨花纷纷
杨花纷纷
雪花纷纷
开车的不是我
我是坐车的人

蝴蝶

程宝林

我在车内，车在路上
路在田野里
田野在初夏
一群一群的白蝴蝶
暮春的幸存者

那样纤巧的翅膀
纯洁得令人伤心
扑蝶与化蝶的女子
终不免红颜薄命
带走自己的处女之身

奔驰的钢铁
与蝴蝶无缘
它们最多不过
在挡风玻璃上
轻轻一吻

车轮经过的路面
梨花纷纷
杨花纷纷
雪花纷纷
开车的不是我
我是坐车的人

2005.8.31. 阎金山

诗人档案

郑道远（1952~ ），蒙古族，生于内蒙古通辽市科尔沁区。中国作家协会会员。1965年开始写诗，《庄稼之歌》(1979年)发表于《诗刊》1980年2月号头题。1987年参加《诗刊》社第七届“青春诗会”。出版诗集十部（长诗三部）。2006年，在《诗刊》社、民族出版社、河北省作协的主持下召开长诗《沉溺》研讨会。东北大学、燕山大学兼职教授，武汉大学特邀研究员。退休后，创办中国诗人角、秦皇岛海子纪念馆等。

海的影子

——答友人

郑道远

破船载不动我的呼救
我只好别样地与海相依
——我成为海的影子

我依恋海
缘我有太多的艰辛
驼铃摇成天籁
身躯在草地上斜成干河
芦花飘散了多雨季节
筋疲力尽啊
扑向海

破船仙化

我成为海的影子
开始不折不扣地拥抱海
海多么广大我多么广大
海多么深厚我多么深厚

我不愿化作岛
岛有海的束缚
我也不愿化作海
海有岸的束缚
我只做海的影子
我来笼罩那岛那海
海存在一天我存在一天
海干涸了它化成了我

我的漂游永远雕不成塑像
我的空灵却是成千上万首诗

海的影子

郑道远

破船载不动我的呼救
我只好别样地与海相依
——我成为海的影子

我依恋海
缘我有太多的艰辛
驼铃摇成天籁
身躯在草地上斜成干河
芦花飘散了多雨季节
精疲力尽时
扑向海

破船仙化
我成为海的影子

开始不折不扣地拥抱海
海多么广大我多么广大
海多么深厚我多么深厚

我不愿化作岛
岛受海的束缚
我也不愿化作海
海受岸的束缚
我只做海的影子
我来笼罩那岛那海
海存在一天我存在一天
海干涸了它化成了我

我的漂游永远雕不成塑像
我的灵魂却累成千上万首诗

（第七届青春诗会 组诗《海蕴》之一，
发表于《诗刊》1987年七月号）

求异存同，各领风骚

——第七届“青春诗会”拾零

穿过那片玉米地，前面就是大海。

八九月份，对于许多人来说，未必是最宜人的季节。阳光或许浓了些，风雨或许稠了些。临海的秦皇岛不知道来了十六位青年诗人。大海却以它的博大、它的雄健和温柔抚慰了他们；生产玻璃和修理船舶的厂家，决不会把诗纳入增产增收计划，却以盛情款待了来自十二个省市的诗的儿女。

第七届“青春诗会”期间，参会诗人欧阳江河、张子选、乔迈、李晓梅（右起）在山海关留影

讨论诗作阶段是最严肃的日子，上午八点半，下午两点，准时开会，中间休息十五分钟，几乎不到吃饭时间不散会。有一天下午临时安排别的活动，连夜又加班补上。谁都知道，只要还愿意写，在什么地方都是可以写的，而要再聚集所有在座诗友听取意见是绝对不可能了。对自己负责和对他人负责，达到了统一；负责本身就是一种珍惜、一种尊重。有人写了发言提纲，有人引经据典，有人默默记录。各种意见是开诚布

1987年9月，第七届“青春诗会”参会者在北戴河海滨

公的，有的温和，有的尖锐，有的肯定，有的否定。作为诗会主持者，我们有时真怕由于取舍不同的艺术冲突会导致一场感情冲突。有一次，一位青年对另一位青年的诗作了全面否定，说他写诗误入歧途，劝他别再写了。我们担心第二天的会开不下去，岂知再次讨论时，气氛依然热烈。这些年轻人哪！

过去几届诗会，我们有时侧重求同存异，千方百计寻找大家可以遵循的定义和条律。这样未必不好，换一个角度来看问题可不可以呢？请大家来，自然不是荒谬地让大家写一样的诗，而恰恰相反，是希望通过交流，各人爬各人的山，写出更具个性的作品来。那么，充分肯定分歧和冲突，不回避，不调和，不是更能促进我国新诗发展，出现各领风骚的可喜局面么？你可以为朋友而写，你可以追求诗的平民化，你可以尝试一种不以完美为标准的诗，你可以从诗中接近超越自我的状态，你可以建造“一尘不染的象牙之塔”……殊途同归，大家都为诗而献身。我们十分欣喜地注意到，每个人都强调时代感、民族精神、诗人的使命等重大命题，尽管各人的理解不尽相同。

就在最严肃最紧张的阶段，刘湛秋副主编赶到诗会，带来《诗刊》领导和编辑对诗会的良好祝愿。他也十分紧张地读了大家带来的诗稿，一一交换了看法。他希望大家在艺术上要宽容，要善于吸收，杜绝那种囿于一己之见的排他主义。就诗歌的现代意识及语言问题，他也发表了意见。夜间，他邀约大家在一间窄小的住房里讲故事，唱歌，而他自己的传统保留节目——以俄语唱苏联民歌，是这次诗会唯一的一次“文娱活动”。

这次诗会并不顺畅。刚报到，刘虹和李晓梅就相继病倒，被送进医院。通宵不眠的陪同，诗友情长。郭力家公务在身，早早离去。雨后去看海，街上积水过膝，简宁一脚踩入阴沟，空军变成空降兵，险遭灭顶之灾。对于精力旺盛的青年，没电影、没舞会，是有些败兴。有人深夜穿过玉米地，去游泳，去做“月光浴”。连文绉绉的西川也不得不借来一台小录音机，赤着脚，在某位外国歌星的歌声里，步入自我感觉良好的舞姿之中。

第七届“青春诗会”期间，老木、简宁、郭力家、宫辉、西川、陈东东、王家新、张子选、王燕生（左起）合影

这次诗会是动真格的。多少人为诗而失眠！宫辉带来的诗，不存在能不能发表的问题，他却在听取意见后自找苦吃，改定了几首诗后，又写出《南部铁路》等具有一定分量的作品。赵天山也以他的气派，推倒带来的两组诗，另起炉

灶，硬是杀出条血路来。郑道远就在秦皇岛，坚持上班，又要为诗会操劳，没有毅力，他是不会重新创作出三首新作来的。刘虹抛弃原稿，以新的感受改写成《英雄与月亮》。《短剑》和《废墟上的玉米》都是力虹和程宝林站在天下第一关上，面对这片古老的大地发出的深沉感叹。庄永春、简宁写了新作，陈东东、张子选、杨克、李晓梅、乔迈也一丝不苟地把改稿抄正。大家没有想到，在参观了耀华玻璃厂（后又参观了山海关船厂）后，第一个写出“玻璃诗”的竟是欧阳江河！他可是历来主张把激情作冷处理的。

第七届“青春诗会”期间，西川、陈东东、王家新、欧阳江河（左起）在北戴河海滨

第七届“青春诗会”期间，力虹、老木、郭力家、宫辉、简宁（左起）合影

今年的“青春诗会”结束了。这支经过在海滨短期操练的小分队，正通过诗的检阅台，接受最严格的品评和挑剔。当然，也接受微笑和花束。仅仅因为偶然，由秦皇岛移师山海关，我们住在一片玉米地后面。

前面是大海，我们必须穿过玉米地。

大海，涛声不息。

1987年9月17日

青春诗会

第八届

1988

第八届（1988 年）

时间：

1988 年 6 月 20 日 ~7 月 5 日

地点：

北京 – 烟台

指导老师：

刘湛秋、雷　霆、宗　鄂、王家新、麦　琪、雪　兵

参会学员（17 人）：

程小蓓、骆一禾、陶文瑜、开　愚、林　雪、童　蔚、袁　安、海　南、南　野、刘国体、王建平、刘　见、王黎明、大　卫（赵志辉）、何首巫、曹宇翔、阿古拉泰

第八届“青春诗会”期间，参会者合影。左起：王黎明、刘国体、陶文瑜、何首巫、程小蓓、雷霆、刘见、寇宗鄂、曹宇翔、大卫（赵志辉）

诗人档案

程小蓓（1959~　），女，诗人、画家。原职业：医生。现职业：北京·上苑艺术馆——创始人、艺术总监、艺术策划人。出版诗集《一支偷来的笔》《上苑、上上苑》；出版小说《无奈》《你疯了！》，纪实图书《建筑日记》，摄影集《活路》。

一个痛点

程小蓓

驾驶室里，司机哼着小调，
单手把着方向盘，目光坚定
直视前方。在他的快乐与南方的温暖里，
我想要在心中升起灿烂的太阳。

可是，一条狗在高速路上觅食
它的命运让我忧心忡忡
当车以一百四的速度从它身边飞过
它注定成为我一个远方的痛点

我又会成为谁的痛点呢？
想想那条狗是幸福的，
有一个人将它钉子一样钉在了心上。

一个障碍

张小蓓

驾驶室里，司机哼着小调，
单手把着方向盘，眼睛
直视前方，在他的快乐与南方的温暖里，
我想要在心中升起灿烂的太阳。

可是，一条狗在高速路上觅食
它的命运让我忧心忡忡
当车以一百迈的速度从它身边飞过
它注定成为我一个远方的障碍。

我又会成为谁的障碍？
想想那条狗是幸福的，
有一个人将它钉子一样钉在了心上。

2010.

诗人档案

开愚（1960~ ），本名萧开愚。生于四川省中江县和平公社，现居北京。1988年参加《诗刊》社第八届“青春诗会”。出版《动物园的狂喜》《此时此地》《内地研究》和《二十夜和一天》等诗文集多部。

北戴河微凉的秋光中

开　愚

事情来得突然，不允许
我准备好一份接受的心情。海水
冰凉，当你离开湿漉漉的沙滩
走入那幢银灰色房子
海水翻卷
把我的思绪埋没
海水一下子消退得干干净净
想起北京干燥秋夜的宁静，你手的温暖
和它带给我的童年的那只猫，浅黄皮毛
褐色图纹，舌头紧紧缩在嘴里
你带走了我的很多东西
瞬间你带走了我的一生
去威利酒家喝酒
坏味道的高粱酒变得好喝，灯光中
跳舞的人，我突然羡慕，暗暗吃惊

北戴河微凉的秋光中

事情来得突然，不允许
我准备好一个接受的心情。海水
冰凉，当你离开湿漉漉的沙滩
走入那幢银灰色房子
海水翻卷
把我的思绪埋没
海水一下子消退得干干净净。
想起北京干燥秋夜的宁静，你手的温暖
和也带给我的童年的那只猫，浅黄皮毛
褐色团纹，舌头紧紧缩在嘴里。
你带走了我的很多东西，
瞬间你带走了我的一生。
去威利酒家喝酒
坏味道的高粱酒变得好喝，灯光中
跳舞的人，我突然羡慕，暗暗吃惊。

1988.8. 北戴河

诗人档案

林雪（1962~　），女。诗人。辽宁抚顺人。1988年参加《诗刊》社第八届“青春诗会”。2006年获《诗刊》“新世纪全国十佳青年女诗人”奖，诗集《大地葵花》获第四届鲁迅文学奖。出版诗集《淡蓝色的星》《蓝色钟情》《在诗歌那边》《林雪的诗》等数种。随笔集《深水下的火焰》，诗歌鉴赏集《我还是喜欢爱情》等。作品获《星星》年度诗人奖、中国出版集团奖、中国百年最具影响力诗人、当代诗人十佳奖等奖项。现居沈阳。

苹果上的豹

林　雪

有些独自的想象，能够触及
谁的想象？有些独自的梦
能被谁梦见？一个黑暗的日子
带来一会儿光
舞台上的人物被顶灯照亮
一个悬空的中心套着另一个中心
火苗的影子，掀起一只巨眼

好戏已经开场。进入洞窟的人
睁开眼睛睡眠，在睡眠中生长
从三百年的梦境醒来
和一条狗一起在平台上依次显现
一个点中无限奔逃的事物
裹挟着那匹豹。一匹豹

金属皮上黄而明亮的颜色
形成回环。被红色框住
一匹豹是人的属性之一

在稠密的海水之上行走
水下的人群、矿脉、烟草的气味
这样透明而舒适。一些幽魂
火花飞溅的音乐还在继续

我怎样才能读懂那些玫瑰上的字句
一只结霜的苹果，香气无穷无尽
使我在一个梦里醒来
或重新沉入另一次睡眠
这已无关紧要

赞美这些每日常新的死亡
在一个时间里得到一个好运
在另一个时间里得到一个好运
在另一个时刻观看豹
与苹果。香气无穷无尽

苹果上的豹

林雪

有些独自的想象，能够触及
谁的想象？有些独自的梦
能被谁梦见？一个黑暗的日子
带来一会儿光
舞台上的人物被顶灯照亮
一个悬空的中心套着另一个中心
火苗的影子，掀起一只巨眼

好戏已经开场。进入洞房的人
睁开眼睛睡眠，在睡眠中生长
从三百年的梦境醒来
和一条狗一起在平台上依次呈现
一个点中无限奔跑的事物
裹挟着那匹豹。一匹豹
金属皮上黄而明亮的旋涡
形成圆环。被仁慈拒绝
一匹豹是人的属性之一

在稠密的海水之上行走
水下的人群、礁石、烟草的气味
这样透明而舒适。一些幽魂
大范飞溅的音乐还在继续

我怎样才能读懂那些玻璃上的字句
一只结霜的苹果，香气无穷无尽
使我在一个梦里醒来
或重新沉入另一次睡眠
这已无关紧要

赞美这些每日常新的死亡
在一个时间里得到一个好运
在另一个时间里得到一个好运
在另一个时刻观看钟
与苹果。香气无穷无尽

诗人档案

童蔚（1956～ ），女，北京人。二十世纪八十年代开始创作。1983年起发表作品。1988年参加《诗刊》社第八届“青春诗会”。其部分诗作，收入《后朦胧诗选》《最适合中学生阅读诗歌年选》《中国当代女诗人爱情诗选》《当代先锋诗30年谱系与典藏》《中国新诗百年大典》《翼·女性诗歌》《中国新诗排行榜》等诗选。出版诗集《马回转头来》《嗜梦者的制裁——童蔚诗选》《脑电波灯塔——童蔚诗选》等。1992年参加荷兰鹿特丹国际诗歌节。一些诗作翻译成英文在国外诗刊发表。2013年开始绘画创作，参加过中韩艺术家画展。

疯姑娘

童　蔚

我的疯狗
五岁时闪现
它狂热地扑向一个黄昏
一个蜜橘色的女孩儿

一个黄昏从此飞翔起来
树枝搂抱叶子
和失血的风声相遇

草撕碎褶裙
她和狗亲嘴
学会和冤家和解

一个精灵样的眼睛
一个穿上小兽皮女孩儿的骄傲
目睹五岁中的一天
她向它扑去

疯姑娘

童蔚

我的疯狗
五岁时闯祸
它狂热地扑向一个黄昏
一个蜜桔色的女孩儿

黄昏从此飞翔起来
树林拥抱叶子
和尖叫的风声相遇

野草撕碎褶裾
她和狗亲嘴
学会和宽容和解

一对精灵样的眼睛
一个穿着小普皮女孩儿的骄傲
目睹五岁中的一天
她向它扑去

1988

诗人档案

海男(1962~)，原名苏丽华。女，出生于云南永胜县。中国当代著名作家、诗人，中国女性先锋作家代表人物之一。1988年参加《诗刊》社第八届“青春诗会”。曾获刘丽安诗歌奖、中国新时期十大女诗人殊荣奖、《诗歌报》年度诗人奖、《诗歌月刊》实力派诗人奖、第三届中国女性文学奖、第六届鲁迅文学奖(诗歌奖)等奖项。出版有跨文本写作《男人传》《女人传》《身体传》《爱情传》等，长篇小说《花纹》《夜生活》《马帮城》《私生活》，散文集《空中花园》《屏风中的声音》《我的魔法之旅》《请男人干杯》等，诗歌集《唇色》《虚构的玫瑰》《是什么在背后》以及四卷本《海男文集》。现为云南师范大学特聘教授。

忧伤的黑麋鹿迷了路

海　男

那只忧伤的黑麋鹿迷了路
它们在翻拂的云雾中猜测着
溪水的去处；它们在雷雨来临之前
仰着头猜测着人世间最遥远莫测的距离

这是被丝丝缕缕的历史割舍过的痕迹
它们是一段符号，源于一只蜂群的深穴
那只最忧伤的黑麋鹿因为迷了路
在暗夜处，它孤单的皮毛如同暗箱一起一伏

忧伤的黑麋鹿在旷野迷了路
它在荆棘的微光中趴下，吮吸着
溪水中的青苔，然后倒地而眠
宛如用战栗的梦境划分天堂和地狱的距离

黑麋鹿迷了路，亲爱的黑麋鹿迷了路

它们在旷野中躺下去，再辽阔的世界也无法让它苏醒

忧伤的黑麋鹿迷了路

海男

那只忧伤的黑麋鹿迷了路
它们在翻拂的云雾中猜测着
溪水的去处；它们在雷雨来临之前
仰着头猜测着人世间最遥远莫测的距离

这是被丝丝缕缕的历史割舍过的痕迹
它们是一段符号，源于一只蜂群的深穴
那只最忧伤的黑麋鹿因为迷了路
在暗夜处，它孤单的皮毛如同暗箱一起一伏

忧伤的黑麋鹿在旷野迷了路
它在荆棘的微光中趴下，吮吸着
溪水中的青苔，然后倒地而眠
宛如用战栗的梦境划分天堂和地狱的距离

黑麋鹿迷了路，亲爱的黑麋鹿迷了路
它们在旷野中躺下去，再辽阔的世界也无法让它们醒

——摘自2013年诗集《忧伤的黑麋鹿》

诗人档案

南野（1955~　），原名吴毅，生于浙江玉环。出版有诗选集《纯粹与宁静》《在时间的前方》《时代幻象》，小说集《惊慌失措》，诗学文论集《新幻想主义论述》，与人合编《中国先锋诗歌档案》，理论著作《结构精神分析学的电影哲学话语》《西方影视美学》等。曾获《上海文学》诗歌奖等奖项。作品被译为多种文字。现居杭州。

蓝色桌布

南　野

这是所有日子里的第一日。我感觉陌生
同时，悉知其意

我坐我对面。中间是蔚蓝桌布
铺向天际
时间在我们其中一个身边
像花藤一样生长起来

我站起来，恹恹地走向
一棵叶片很大的树
我听我如雨的倾诉，在清朗天空下
由桌子那边传来，使我困倦

我醒来，已经很久

我忆念中少女的胯骨长起牡蛎
我对面的脸孔，风采依然
雨仍在下

后来是雪，积满桌面。蓝色的桌布消失
我们彼此之间，失去隔绝

我惶恐地闭起双目，跑河边去
听鱼唱歌

蓝色桌布

南野

这是所有日子里的第一日。我感觉陌生
同时，悉知其意

我坐我对面。中间是蔚蓝桌布
铺向天际
时而在我们其中一个身边
像花藤一样生长起来

我站起来，惴惴地走向
一棵叶片很大的树
我听我如雨的倾诉，在清朗天空下
由桌子那边传来，使我困倦

我醒来，已经很久
我忆念中少女的胯骨长起来之后

我对面的脸孔，风采依然
雨仍在下

后来是一击，扫荡桌面。蓝色的桌布消失
我们彼此之间，失去隔绝

我惶恐地闭起双目，跑河边去
听鱼唱歌

（此诗1988年青春诗会间完成。）

诗人
档案

刘见（1961~　），女，生于青岛，祖籍山东蓬莱。自1982年开始发表作品，曾先后在《诗刊》、香港《大公报》等报刊发表作品百余万字。自1984年起，在中国文联出版公司、光明日报出版社、新华出版社、人民日报出版社、人民出版社、人民教育出版社、中国对外翻译出版公司等出版诗集等作品十余部。1988年参加《诗刊》社第八届“青春诗会”。

雨中的怀念

刘　见

灯灭了
千万颗雨珠正在夜色里赶路
雷声隆隆
我多想攥紧您的手

风摇万物
我整个童年的水仙
湿了翅膀的蝴蝶
悬挂在您生命的绝壁上
默默地与我相望
残墙下
一朵回旋着记忆的水花
满含忧伤

外公　在今夜的雨中

我已化作满山遍野滚烫的石头

阻挡您

离我越来越远的脚步

雨中的怀念

刘见

灯灭了
千万颗雨珠正在夜色里赶路
雷声隆隆
我多想攥紧您的手

风摇万物
我整个童年的水仙
湿了翅膀的蝴蝶
悬挂在您生命的绝壁上
残墙下

一朵记忆中的水花
满含忧伤

外公 在今夜的雨中
我已化作满山遍野滚烫的石头
阻挡您
离我越来越远的脚步

诗人档案

王黎明（1963~　），山东兖州人。中国作家协会会员。1982年开始发表作品，1988年参加《诗刊》社第八届“青春诗会”。著有诗集《孤独的歌手》《乡间音乐》《醒自每个早晨》以及散文随笔集《滴水之声》等多部。诗集《贝壳说》获得山东省第一届齐鲁文学奖，作品获得国家级媒体奖励若干。2013年6月出席以色列第十四届“尼桑国际诗歌节”。

烟囱的故事

王黎明

远去的列车已经不冒烟了
一百米的烟囱依旧是这座城市的风景
孩子们仍然读着瓦特的故事
他们的父亲却做着画家的工作
希望有一幅珍贵的作品流传后世

不知又过了多少年
有人从博物馆里盗走了一幅画稿
没有人问起这宗案子
因为警察都在种花
那人就大模大样走过花坛
在一幢摩天大楼的顶端坐下
用那张画稿卷了一支烟
傍着夕阳　默默抽了起来

没有人知道那是什么在燃烧
岁月的流云已擦净这座城市的上空
喷泉显影的光环里
呼吸的树木已变成水中的植物

烟囱的故事　王家明

远去的列车已经不冒烟了
一百米的烟囱依旧是这座城市的风景
孩子们仍然读着它特的故事
他们的父亲却做着画家的工作
希望有一幅珍贵的作品流传后世

不知不觉过了多少年
有人从博物馆里盗走了一幅画稿
没有人问起这宗案子
因为警察都在种花
那人就大摇大摆走过花坛
在一幢摩天大楼的顶端坐下

用那张画稿卷了一支烟
傍着夕阳 默默抽了起来

没有人知道那是什么在燃烧
岁月的流云已擦净城市的上空
喷泉星影的光环里
呼吸的树木已变成水中的植物

原载《诗刊》1988年11月第8届青春诗会专号

诗人档案

大卫（1958~　），本名赵志辉，河北正定人。曾用笔名大卫。军旅生涯43年。中国作家协会会员。1988年参加《诗刊》社第八届“青春诗会”。2007年以来，长期任军事写作专业委员会秘书长。著有诗集三部，纪实文学《通信兵故事》十六卷本1409个故事500万字。作品多次获军内外若干奖项。

如果你厌倦了

大　卫

如果你厌倦了
请转过脸
尽快地离开
不必违背自己的心愿
放心地　轻松地走
不必承担任何
心灵的负担
我会感谢你的
欢愉的时刻如此短暂
抹不去的记忆
即使在远离的日子
也会像夜空里的星
一闪一闪　这就够了
因为　即使是遥远的寒冷的一瞥
也足以点燃
一个炽热的夏天

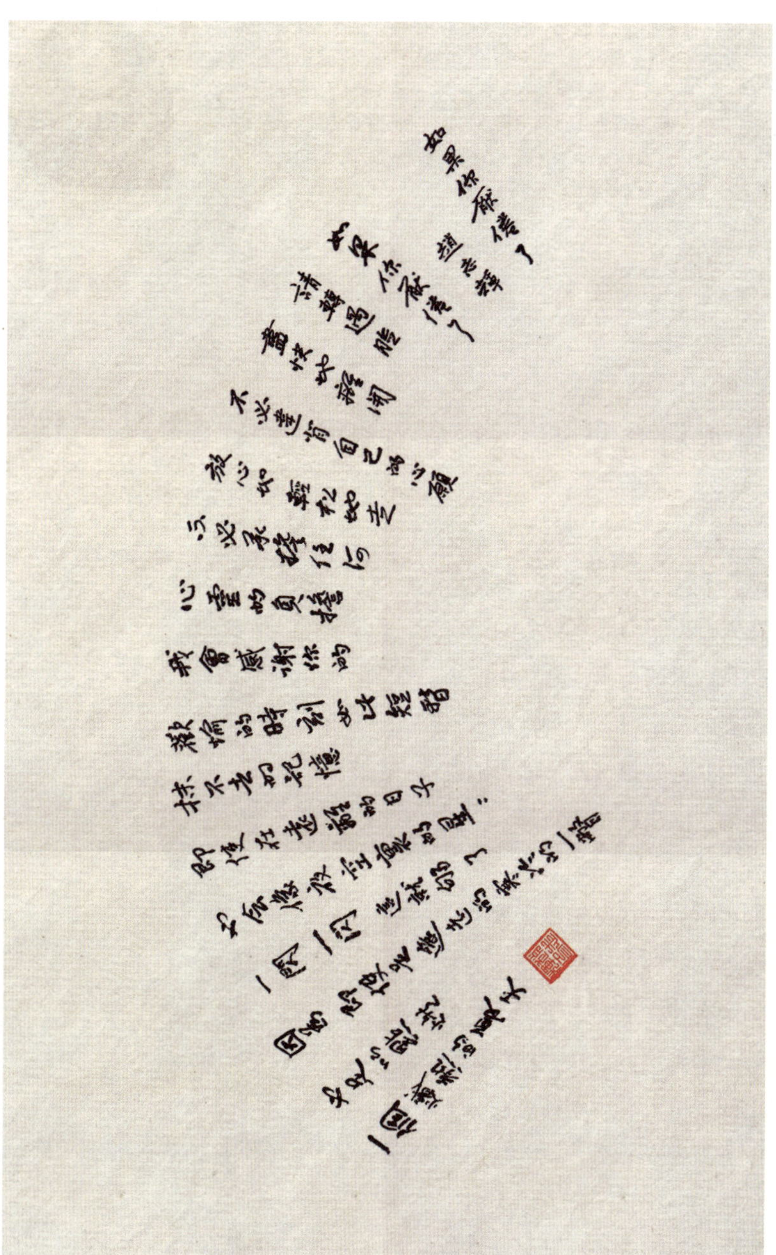

诗人档案

曹宇翔（1957~　），山东兖州人，居北京。1988年参加《诗刊》社第八届“青春诗会”。1991年毕业于解放军艺术学院文学系。曾军旅生涯多年，大校军衔，国务院特殊津贴专家，国家新闻出版广电总局全国新闻出版行业领军人才。著有诗文集多部。曾获中国人民解放军新闻奖，第二届（1997~2000）鲁迅文学奖等多种奖项。

灵水村鸟巢

曹宇翔

在太行山，与北京城之间
一只黝黑的鸟巢，悬在半空
暮春的灵水村，此刻恰是
正午时分，拾级而上的古旧院落
山墙，溢出桃花和寂静

仰望啊，一棵巨柏盘旋欲飞
辽远汹涌的湛蓝淹没苍穹
一定有什么事物去了天上，或从
天上来到尘世，在大地和天空
之间，留下一个幽深黑洞

你体内一个孩子爬上了大树
空中宅第回响乡村乳名，喜鹊窝

还是斑鸠窝，鸟儿衔枝编织空中之筐
递给大自然之神的篮子，必定
装过雪花、星辰和春风

东去天安门三十公里，距你童年
大约二十米，被万物和往事团团围住
鸟巢，像一枚图钉摁向蓝天
悬浮的沧海永不脱落，云帆水声
天际远影，内心的波涛平静

复活了你人生的全部记忆
生活热情，对大地的爱

灵水村鸟巢　曹宇翔

在太行山，与北京城之间
一只黝黑的鸟巢，悬在半空
暮春的灵水村，此刻恰是
正午时分，拾级而上的古旧院落
山墙，溢出桃花和寂静

仰望啊，一棵巨柏盘旋欲飞
辽远汹涌的湛蓝淹没苍穹
一定有什么事物去了天上，或从
天上来到尘世，在大地和天空
之间，留下一个幽深黑洞

你体内一个孩子爬上了大树
空中宅第回响乡村乳名，喜鹊窝
还是斑鸠窝，鸟儿衔枝编织空中之筐

递给大自然之神的篮子，必定
装过雪花、星辰和春风

东去天安门三十公里，距你童年
大约二十米，被万物和往事团团围住
鸟巢，像一枚图钉摁向蓝天
悬浮的沧海永不脱落，云帆水声
天际远影，内心的波涛平静

复活了你人生的全部记忆
生活热情，对大地的爱

原载《上海文学》2019年第1期
组诗《向大地致意》之一

诗人档案

阿古拉泰（1957~　），著名蒙古族诗人、散文家、词作家、文化学者。中国作家协会会员。1988年参加《诗刊》社第八届“青春诗会”。著有《浅草上的蹄花》等诗文集十五部，主编《中华美精品集》等近千万字的文选，出版创作歌曲光碟《英雄上马的地方》等八种，担纲文学执笔的大型民族交响音乐史诗《成吉思汗》、编创指导的大型民族舞台剧《马可·波罗传奇》，在国家大剧院、香港文化中心、意大利、匈牙利、加拿大、美国白宫剧院上演。

遐　思

阿古拉泰

道路突然绷断
我没有去向
五叶枫
伸出一支笔　默默
画三月的翅膀

红蜻蜓飞舞　翩翩
我追逐　快活地扇动双臂
回声弹响午夜
猫头鹰的歌
编织成网

哦　红蜻蜓
我的红蜻蜓呢

黑森林挡住了我的太阳
还要走回
那条干瘦的小径么
听落叶瑟瑟　漂在
冰冻的河上

遐思

阿古拉泰

道路突然绷断
我没有去向
五叶枫
伸出一枝笔 默默
画三月的翅膀

红蜻蜓飞舞 翩翩
我追逐 快活地扇动双臂
回声弹响午夜
猫头鹰的歌
编织夜网

哦 红蜻蜓
我的红蜻蜓呢
黑森林挡住了我的太阳
还要走回
那条干瘦的小径么
听落叶悠悠 飘在
冰冻的河上

"它来到我们的中间寻找骑手"

——第八届"青春诗会"侧记

雷霆 北新

今年的"青春诗会"比较特别：它不再集中于一地，而是分别于烟台和北京举办。来自全国各地的十七位青年诗人参加了诗会。雷霆、北新、麦琪、雪兵等《诗刊》编辑主持了两地的诗会。《诗刊》主编张志民、副主编刘湛秋等到会上与青年诗人们进行了座谈和交流。

今年的"青春诗会"是在近年来诗歌创作看似平稳的情况下举办的，然而与会者的心情并不平稳。像诗人们普遍感到的那样，他们面临着新的挑战、刺激和压力。《诗刊》社希望于这些青年诗人的，也并不仅仅是在会上改出几首诗，而是深入认真地对自身的创作进行一番清理和总结。于是作品讨论会便成为一种契机；轮番轰炸、自我清算、从人到诗、从诗到人，从早已进入天国的但丁到我们再次面临的现实……这些年轻的诗人们坐不住了。他们中有的在前一段还忙于向别人挑战，现在却感到了自身的危机。是的，危机！它带着那么一种刻骨的压力，在迫使着诗人寻求一个新的开始。四川的开愚在前一段迷恋于从文化的角度进入诗歌，其组诗《汉人》有一种中国文化的笼罩性，但这次他意识到他这样做似乎还没有真正触及艺术的"根"。当然，可以提诗歌是一种文化的产物，但它却必须以一种深刻、坚实的生存体验作为自己的根基。南野在会上也一直思考着这个问题，他的诗在形式的探索上颇具先锋性质，但这次新写的组诗《乌岩村》却异乎寻常地“现实”起来。的确，现实是无可逃避的，如果我们不能楔入到它的深处，就必然会在创作上呈现出一种“无根的漂浮”状。从开放城市广州来的袁安带来的诗，就给与会者以相当的震动。他谈到在一个现代商品社会你要“躲”是躲不住的，一个诗人必然会面临着多种冲击、刺激和压力，重要的是你能否置身于现实之中而给人们提供一种诗的光芒。这引起了与会者们的同感。的确，随着历史的进程，一个现代社会必然会对一个诗人的才能、智慧和人格带来新的、也是更严格的检验。如何不是被动地顺应而是主动地楔入现实并上升为一种诗歌精神，如何进入现代的“沉沦”和“混乱”而又能找到一种对良知、人性和信仰的精神维系，这些成为与会者一再探讨的话题。

近年来，“女性诗歌”引起了诗坛的关注。这届诗会请来的五位青年女诗人大都比较年轻，但她们的作品却在会上引起了热烈的反应。程小蓓的诗给人一种新鲜感，而这种新鲜感并不仅仅是技巧带来的；她对人生有了一种独到的敏感和体验。林雪的诗则触及生存的更深层面，从女人自身的命运中，她写出了一种刻骨、感人的东西。从云南来的海男，写起诗来也像她家乡的热带植物一样，说冒就冒出来了，新到北京不几天就写出了组诗《首都》。诗友们说她们有一种“巫”的东西。但是，仅仅有灵气而不磨砺和深化自己的才能，其创作就很可能会停留在一个平面上。刘见已意识到这一点，她认识到作为一个女诗人仅仅生活在一己的情绪和感觉世界中是不够的，如果要保持持久的创作生命力，还应以其自身的承受和容纳力，让整个世界通过她而歌唱。童蔚正是出于这种考虑，对自己的创作和生活包括下乡插队的那一段体验进行了反思，在会上整理、修改出了她的组诗《河滩上的家》。

两地诗会上的讨论都比较深入、热烈。会上那些认真而友善的意见和争论，使与会者们都从中获得了收益。他们意识到这种艺术交流的难得，因而不仅在会上，还在会下、在深夜里热烈地谈着。接下来是修改作品，与会者们更是处于一种兴奋和紧张状态。主持诗会的编辑们也逐个与作者们进行了交流，并对其作品提出了具体、中肯的修改意见。经过几天的“奋战”，与会者大都拿出了较满意的作品，开愚、刘国体、曹宇翔、何首巫等还新写出了一批诗作。使大家难以忘怀的是，诗会后期他们分别到烟台的养马岛、崆峒岛和北戴河等地进行参观游览。北方的海使这些年轻的诗人激动起来、也开阔起来。有人曾说过：大地是现实，而海是精神。尤其是北方的海，坦荡、严峻，似乎具有一种一下子把人“提升”起来的力量。而面对着海，面对着八九十年代在人们眼前展开的新的世界，这些年轻的诗人也仿佛从峰回路转中豁然步入一个开阔之域。他们在海边伴着风声涛声又热烈地交流起来。从江南来的陶文瑜，其诗富于韵味和市民生活的情趣，但他面向壮阔的大海，意识到不能只是以某种趣味来取代对生活进行更为深广的把握。王建平以现代手法来处理钢铁题材，以此揭示他与世界的关系，但这次他通过和诗友们的交流，意识到仅仅掌握了“现代手法”还不够，还必须有更内在、深邃的把握才能揭示现代人的生存。阿古拉泰来到北戴河，忽然省悟到他的内蒙古大草原也是海——一个至今仍未被诗人们深入发掘的海。大卫在海边则想起了他去年去过的少林寺，他似乎突然在题材与精神之间找到了一种呼应。他不再拘泥于题材了；他置身其中而写出了一种人生的顿悟与升华。王黎明通过参加这次诗会，也切实地感到自己有了一种“飞跃”。他觉得自己的文化视野要更开阔了，一切都在呼唤着他把自己放在一个更为阔大的时空背景下重新铸造。

第八届“青春诗会”期间，王家新、袁安、开愚、林雪（怀中为其儿虎子）、海男（左起）于天安门广场合影。摄影：英儿

“人生有许多事情妨碍人之博大，又使人对生活感恩”。这是骆一

禾《辽阔胸怀》一诗中的句子，与会者常常很有感慨地提到它。大家在讨论中谈到诗坛现状时，深切感到诗的问题归根到底还是一个人本身的问题。诗与人只能一同生长起来，如果离开了人本身的磨炼和升华，如果不具开阔、深厚的气度，是很难成大气候的。骆一禾生活在大都市，其人与诗却无浮躁之气。所谓“玩”文学是别人的事，而他却使人们听到了来自灵魂的声音。他的创作，正是一种从人生通向一个精神的王国的历程。诗友们在讨论时说他的诗“高贵”，而这种高贵恰恰出自一个人在面对生活、艺术和信仰时的那样一种敬畏。

又一代年轻的诗人在成熟起来。记得在去年的“青春诗会”上，诗友们来到山海关，吟咏的是“把玉米地一直种到大海边”；而在今年，大家则在一起常常提到布罗斯基《黑马》一诗中的“它来到我们的中间寻找骑手”。的确，古往今来，看起来是一代又一代的人们在写诗，但实际上又是诗歌本身不断地在人类中“寻找骑手”。且不说这匹“黑马”如何神秘，问题是：作为一个诗人，你配不配做它的“骑手”？

最后要提到的是：今年的“青春诗会”是在经费紧缺的条件下举办的，但青年诗人的成长得到了社会的关注。烟台市侨源酒家、青年印刷厂、长生食品厂以及北京鲁迅文学院为两地的诗会提供了赞助和多方面的协助，在此一并表示感谢。

1988年9月于北京

青春诗会

第九届

1991

第九届（1991 年）

时间：

1991 年 9 月 6 日 ~ 17 日

地点：

江苏徐州

指导老师：

宗　鄂、黄伯蔷

参会学员（12 人）：

耿　翔、刘　季、第广龙、张令萍、杨　然、李　浔、梅　林、阿　来、孙建军、海　舒、雨　田、刘　欣

第九届“青春诗会”指导老师与学员合影。前排左起：海舒、李浔、杨然、阿来、梅林、孙建军；后排左起：第广龙、刘欣、刘季、寇宗鄂、张令萍、耿翔、雨田、黄伯嵩

诗人档案

耿翔（1958~ ），陕西永寿人。1991年参加《诗刊》社第九届“青春诗会”。在《人民文学》《诗刊》《花城》《十月》《星星》《散文》《随笔》等刊物发表诗歌、散文作品。散文《马坊书》《读莫扎特与忆乡村》荣登《北京文学》《散文选刊》年度排行榜。已出版《长安书》《秦岭书》《马坊书》等诗歌、散文集十余部，作品获老舍散文奖、冰心散文奖、柳青文学奖、三毛散文奖及《诗刊》年度奖。

吟雪者

耿　翔

那年冬天
在陕北的土地上，一场大雪
落成一阙洋洋洒洒的
沁园春

吟雪者，坐在马背上
如坐在东方的圣殿之上
九州方圆，有大河的血脉横流其中
回眸的地方
一切归于雪雕之态，入静地
听一个浓重的乡音
为飘远的历史
押上雪韵

手握一把小米
吟雪者，一身粗织
这时，你会想起一位中国的布衣
看他一手解衣，一手
把煌煌陕北
揽入怀里

至今，我们还在那匹马背上
听他吟雪

吟雪者

秋翔

那年冬天/在陕北的土地上，一场大雪/落成一阙洋洋洒洒的/沁园春

吟雪者，坐在马背上/如坐在东方的圣殿之上/九州方圆，有大河的血脉横流其中/回眸的地方/一切归于雪雕之态，入静地/听一个浓重的乡音/为遥远的历史/押上雪韵

手握一把小米／吟雪者，一身粗
织／这时，你会想起一位中国的布衣
／看他一手解衣，一手／把煌煌陕北／
揽入怀里

至今，我们还在那匹马背上／听
他吟雪

摘自第九届『青春诗会』所写
组诗『东方大道·陕北』发
『诗刊』一九九一年十二期

诗人档案

刘季（1962～ ），女，江苏淮安人。中国作协会员。二十世纪八十年代开始诗歌创作。诗歌《京剧团的女孩子》刊发于1984年《诗刊》第10期“无名诗人专号”。诗作刊发在《诗刊》《萌芽》《青春》《星星诗刊》《文学报》等报刊。1991年参加《诗刊》社第九届“青春诗会”。其后进入小说创作，其中长篇京剧题材小说《清江浦》刊发于《钟山》2004年“新锐女作家专号”。2014年后重新进入诗歌创作。作品获首届《绿风》诗歌三等奖、第二届长淮诗歌长诗创作奖等奖项。另有诗歌入选《江苏文学五十年·诗歌卷》《扬子江诗刊》《新世纪诗典》等选本。

贵妃醉酒

刘　季

现在将要穿在谁的身上
这件重工绣品：龙凤呈祥

阴影浓郁的舞台上
粉色和红色的牡丹开出了皱褶
这一刻安静是如此巨大
重木的关门声
此起彼落

整个大唐的心脏
为一粒南方的水果而充盈

在这场盛大的演出中
我们都保持着欢乐
并且克制各自的音量
唯有美人在咆哮：
且自由他

贵妃醉酒

刘季

现在将要穿在谁的身上
这件重工绣品
阴影浓郁的舞台
粉色的牡丹开出了皱褶
这一刻安静如此巨大
重木的关门声　此起彼落
你端坐在一粒南方的水果上
美人咆哮：且自由他

更多的参与演出的我们
都学会了如何表达欢乐
并控制好各自的音量

2020.夏.

诗人档案

第广龙（1963~　），生于甘肃平凉。现居西安。中国作家协会会员。1991 年参加《诗刊》社第九届“青春诗会”，参加《诗刊》社第九届“青春回眸诗会”。已结集出版九部诗集，十部散文集。为“甘肃诗歌八骏”。获首届、第三届、第四届中华铁人文学奖，敦煌文学奖，黄河文学奖，全国冰心散文奖等奖项。

祖国的高处

第广龙

祖国的高处
是我黄河出生的青海
是我阳光割面的西藏
三朵葵花在上
一盏油灯在上
我爱着的盐
就像大雨一场
穿过肝肠

秋天到来，秋风正凉
路上是受苦，命里是天堂
歌手打开琴箱
把家乡唱了又唱
安塞的山多，驿马的水旺

一遍一遍的声音
是洗净嘴唇的月光

祖国的高处
长者慈祥
一个是我的父亲
一个是我的亲娘
守着银川的米
守着关中的粮
一辈子有短有长
骨和肉都能抓牢
都能相像

窗花开放，岁月悠长
我心上的妹妹
身子滚烫
左手举壶口，右手指吕梁
你的温柔就是我的刚强
把银子装满睡梦
把生铁顶在头上
我的幸福，在泥土里生长

祖国的高处

翁卜各

祖国的高处
是我黄河出生的青海
是我阳光剥面的西藏
三朵葵花在上
一盏油灯在上
我爱着的苗
就像大雨一场
穿过肝肠

秋天到来，秋风正凉
路上是受苦，命里是天堂
亲手打开琴箱
把家乡唱了又唱
安基的山多，驿马的水旺
一遍一遍的声音
是洗净嘴唇的月光

祖国的高处
岩吉慈祥

一个是我的父亲
一个是我的亲娘
守着银川的米
守着关中的粮
一辈子有短有长
骨和肉都能拆开
都能相像

富裕平淡,岁月悠长
我心上的妹妹
身子滚烫
左手掌壶口,右手指吕梁
你的温柔就是我的钢强
把银子装满睡梦
把生铁顶在头上
我的幸福,在泥土里生长

原载《诗刊》1998年10月号

诗人档案

杨然（1958~　），本名杨天福，生于成都。现居四川某地乡间。作品2000余件散见海内外500多家书报刊。编有《古今中外爱情诗三百首》《中国·成都“汶川大地震”诗歌选》《中华美文·新诗读本》《诗缘》《油菜花诗会》等书刊。出版《黑土地》、《遥远的约会》、《寻找一座铜像》、《雪声》、《杨然短诗选》(中英对照)、《在春天我把眼睛画在风筝上》、《那片星座就要升起》、《回澜之诗》等诗集。

怪　客

——梦李贺

杨　然

怪客！
你今夜打从我门前经过
不进来小坐小饮么
我就是那棵会笑的花下人
你的亲朋或密友

都哭过铜像
你哭得更远更长
从长安到洛阳
从大唐，到如今
我始终在十字路口
逛一个圆圈

人人畏敬的墓地
是你灵感的景色
墓碑投影才华的光辉
鬼来了，蛇来了，妖气来了
都敌不过你的笔
你的天河一梦
海如瓶水，地如纸飞
你的怪异
恰恰是对人世病态的叛逆

怪客！
你今夜长发狂须，白脸黑衣
打我门前走过
就算我处在太平间也该来坐一坐
或饮或睡
倾尽我所有的杯
只想故乡雨打的咳嗽之夜

芙蓉花又大病初愈般开放了

你听我询问
铁如何亲，珠如何叫
凤凰如何饮泣
龙如何戴起镣铐
你也一定知道屈子如何古典
渊明如何深奥
你也听如何探险
又如何创造

怪客！
你今夜打我门前经过
不能不说我与诗之有缘
你来，我且以新豆陈酒
给你让座……

怪客

杨然

怪客！
你今夜打从我门前经过
不进来小坐小饮么
我就是那棵会笑的花下人
你的亲朋或密友

都哭过铜像
你哭得更远更长
从长安到洛阳
从大唐，到如今
我始终在十字路口
逛个圆圈

人人畏敬的墓地
是你灵感的景色
墓碑投影才华的光辉
鬼来了，蛇来了，妖气来了
都敌不过你的笔

你的天河一梦
海如瓶水，地如纸飞
你的怪异
恰恰是对人世病态的叛逆

怪客！
你今夜长发狂须、白脸黑衣
打我门前走过
就算我还在太平间也该来坐一坐
或饮或睡
倾尽我所有的杯
只想故乡雨打的咳嗽之夜
芙蓉花又大病初愈般开放了

你听我询问
铁如何柔，珠如何叫
凤凰如何饮泣
龙如何戴起镣铐
你也一定知道屈子如何古典
渊明如何深奥
你也听如何探险
又如何创造

怪客！

你今夜打我门前经过

不能不说我与诗之有缘

你来，我且以新豆陈酒

给你让座……

杨然注：

此诗为梦见李贺而写，发表于《诗刊》1991年12月号"九一青春诗会"栏目。

诗人档案

李浔（1963~　），生于浙江湖州，祖籍湖北大冶。从事诗、文艺评论创作。中国江南诗的代表诗人之一。中国作家协会会员。出版多部诗集和一部中短篇小说集。作品曾获《诗刊》诗歌奖、《星星》闻一多文学奖、杜甫诗歌奖、第五届中国好诗榜奖等。诗集《独步爱情》《又见江南》分获浙江省第二届、第四届文学奖。1991 年参加《诗刊》社第九届“青春诗会”。

擦玻璃的人

李　浔

擦玻璃的人没有隐秘　透明的劳动
像阳光扶着禾苗成长
他的手移动在光滑的玻璃上
让人觉得他在向谁挥手

透过玻璃　可以看清街面的行人
擦玻璃　不是抚摸
在他的眼里却同样在擦行人
整个下午　一个擦玻璃的人
没言语　也没有聆听
无声的劳动　那么透明　那么寂寞

在擦玻璃的人面前
干干净净的玻璃终于让他感到
那些行人是多么零乱
却又是那么不可触摸

擦玻璃的人

李浔

擦玻璃的人没有隐秘 透明的劳動
像陽光扶着禾苗成長
他的手移動在光滑的玻璃上
让人覺得他在向誰揮手

透過玻璃 可以看清街面的行人
擦玻璃 不是抚摸
在他的眼里 却同样在擦行人
整个下午 一个擦玻璃的人

没有言語 也没有聆听
無声的劳动 那么透明 那么寂寞
在擦玻璃的人面前
干干净净的玻璃终于让他感到
那些行人是多么零乱
却又是那么不可触摸

庚子立夏日李浔於湖州

诗人档案

梅林（1968～　），女，原名陆俏梅，出生于江苏南通如皋。1986年开始发表作品，为二十世纪八十年代中学生诗人的代表人物。1991年参加《诗刊》社第九届“青春诗会”。现居苏州。

南方唱给北方的情歌

梅　林

你满腮胡须的北方
冰雪地上迅疾掠过的驭者和烈马
当鹰影晃过你古铜的胸廓
我柔美地站在你粗犷的视野里
脉脉地　望你

喜欢你把我看成操着吴腔越语的女子
总是缠绵绵在三月的经纬上相思　流泪
把三月的雨丝梳成好看的发式挂在背后
把三月的花枝插得满身都是
然后一点船篙高绾裤腿躲进杨柳岸这边
然后滑出多燕子的小巷
溜得远远的望你　让你垂涎
我双眼皮的湖泊

波动着一页一页如岁月摇动的桨声
一阕阕婉婉约约地折叠起来
折叠起一部重感情的地方志
第一页是西施们楚楚动人的捣衣声
第二页是琵琶女浔阳江头的琵琶韵
第三页是白娘子多愁善感的儿化音
那些水墨画风格的水乡棹歌
年年月月在飘在唱呵
飘在穿绿裙的芦荡汉
唱在古装的矮檐下

望你
仰望你的风景线退进悲怆的凉州词
伸出女性柔臂搭二十四桥
望你
戴青蓝风味的斗笠
依七十二长亭望你
等所有的纸鸢都成了北上的鸿雁
等所有的柳絮都成了痴情嘱托
我还会舞一条欢乐的林溪望你
并且扎遍野等待的草人……

南方唱给北方的情歌

梅林

你满腮胡须的北方
冰雪地上迅疾掠过的驭者和烈马
苍鹰影晃过你古铜的胸廓
我柔美地站在你粗犷的视野里
脉脉地　望你

喜欢你把我看成操着吴腔越语的女子
总是缠绵绵在三月的经纬上相思·流泪
把三月的雨丝梳成好看的发式挂在背后
把三月的花枝插得满身都是
然后一点船篙高绾裤腿躲进杨柳岸边
然后滑出多燕子的小巷
溜得远远的望你　让你垂涎
我双眼皮的湖泊
波动着一页一页如岁月摇动的桨声
一阕阕婉婉约约地折叠起来
折叠起一部重感情的地方志

第一页是西施们楚楚动人的捣衣声
第二页是琵琶女浔阳江头的琵琶韵
第三页是白娘子多愁善感的儿化音
那些水墨画风格的水乡棹歌
年年月月在飘在唱呵
飘在穿绿裙的芦荡汉
唱在古装的雉楼下

望你
仰望你的风景线退进悲怆的凉州词
伸出女性柔臂搭二十四桥
望你
戴青蓝风味的斗笠
依七十二长亭望你
等所有的纸鸢都成了北上的鸿雁
等所有的柳絮都成了痴情嘱托
我还会舞一条欢乐的林溪望你
并且扎遍野等待的草人……

诗人档案

阿来（1959～　），彝族，出生在中国四川马尔康。二十世纪八十年代开始文学创作。先后出版有诗集《梭磨河》《阿来的诗》，中短篇小说集《旧年的血迹》《月光下的银匠》以及“山珍三部”等，长篇小说《尘埃落定》《空山》《格萨尔王》《云中记》，散文集《就这样日益丰盈》《成都物候记》等，以及非虚构作品《大地的阶梯》《瞻对》，电影剧本《西藏天空》《攀登者》等。曾获第五届茅盾文学奖、第七届鲁迅文学奖、华语文学传媒大奖、国家“五个一工程”奖以及2017年百花文艺小说、散文奖“双奖”等文学奖。多部作品被译为英、法、德、日、意、西、俄等二十余种语言出版。

抚摸蔚蓝面庞

阿　来

日益就丰盈了，并且
日益就显出忧伤的蔚蓝
已是暮春，岸上的泥土潮湿而松软
树木吮吸，生命上升
上升到万众植物的顶端

在奇花异草的国度，爱人
笼罩万物是另一种寂静的汪洋
是什么？你听
启喻一样荡气回肠，凌虚飞翔
九个寨子构成的国度
顷刻之间，布满磨坊与经幡

顷刻之间，蔚蓝的海子星罗棋布

花香袭满心层
众水浪游四方
路以路的姿态静谧
水以水的质感嘹亮

就这样日益幽深
是蓝宝石的深渊，绿色宝石的深渊
爱人，停下你的枣红马
看新生的云朵擦拭蓝天
水声敲击必扉时，你听
即将突破地表是更纯净的泉眼

在潮湿松软的曲折湖岸
野樱桃深谙美学
向忧伤的蔚蓝抛洒白色花瓣
爱人，你的形象
时间的形象，空间的形象逐渐呈现
水的腰肢，水的胸
水的颈项，水的腹
都是忧伤蔚蓝海子的形象

抚摸蔚蓝面庞

阿来

旧蓝说来过了，并且
旧蓝就是去找约和蔚蓝
已是暮春，岸上的泥土湖里而柔软
树木吮吸，生命上升
上升到了众植物的顶端

花香花异香的国度，爱人
若需了解是另一种宁静的注释
是什么？你听
启喻一样节气回肠，凌空飞翔
九个寨子构成的国度
顷刻之间，布满庙坛与经幡

顷刻之间，蔚蓝的海子笼罩遍布
花香袭满心房
会水漂游四方
路以路的姿态静谧
水以水的质感嘹亮

就这样日益幽深
是蓝宝石的深渊，绿色宝石的深渊
爱人，停下你的枣红马
看新生的云朵擦拭蓝天
水声放走心脏时，你听
即将突破地表是更纯净的泉眼

花瓣漫拂轻的曲折湖岸
野樱桃深埋美学
向忧伤的蔚蓝抛洒白色花瓣
爱人，你的形象
诗词的形象：它们的形象逐渐呈现
水的膝盖，水的胸
水的旋涡，水的腹
都是忧伤蔚蓝海子的形象

诗人档案

孙建军（1954~　），四川成都人。中国作家协会会员。1991年参加《诗刊》社第九届“青春诗会”。诗作发表于《人民文学》《诗刊》《星星》《萌芽》《绿风》《诗林》《四川文学》《青年作家》等。曾获萌芽文学奖、四川文学奖、巴蜀文艺评论奖、中国电视金鹰奖等奖项，出版有诗集《善良的孩子》《时间之岛》《诗话中国》《孙建军诗选》等六部以及评论集、长篇小说多部。

燃烧的骨头

孙建军

黄尘弥漫的路，向上，向上
一次葬礼正缓缓而行
燃烧的，厮磨着山村的玉米芯灯
引领我们的双脚与灵魂
幽幽的光芒弥合天地之间的缝隙
后生们举哀的队伍
如此虔诚，如此宁静
又如此地感到地远天高

我们大慈大仁的祖父祖母啊
在走向另一个世界的路上
无论先去的，还是后随的
今夜，又会在一根红绳的掩埋中一道安息
不孝的，也是孝顺的我们

就联想起你们遥远的婚礼
而引领着脚印的幽光
是如此细长，又如此清晰

我们，祖父祖母的后生
洪洞城下大槐树的枝叶
窑洞分娩出来的籽粒呵
为生的倔强
行进在死者的路上
招魂幡，在如血的火光中撕扯寒风
这是我的老家
深黑的煤层中盘着我的血脉
泥土的皮肤上写满了姓氏的体温
就这样倾听到了与生俱来的真切
最近的心跳，萌芽星子
最远的命运，召唤灵魂

我想到泥土与皮肉与太阳一样的颜色
想到玉米，这齿状的粮食
在喂养了我们之后
骨头，就这样默默无语地燃烧起来

这是我的老家
我想到田垄和房舍
这以干旱抗拒播种的土地呵
以春秋笔法衍变日月的轮回

以歉收的小米养育了不灭的生灵
盛满一只土黄的海碗
钱钱粥还是那样的香
这是老爹说的，伯伯叔叔们说的
同辈族兄族弟，晚辈族子族孙说的
我，又怎能忘掉其中的滋味

是的，这些玉米、谷子、豆子捧在碗中
会同整个黄土高原一样沉重
就想去岸上喊几声
以沙哑的嗓子，皴裂的风
寻觅风尘中的质朴亲情
玉米芯灯默默无语
仿佛幽幽的月光也在倾听
燃一串苍老的信天游

呜呜咽咽，是亘古的唢呐
就想起崖壁上的土窑
土坎上的旱井
挖掘墓地的板锹
驮着炭筐出山的牲灵
还有从头至脚置放的
石头——断砖——旧犁
想到光秃秃的山梁上
仅存的苍松翠柏掩映着历代祖坟
那是不是看似无言的古老星座

沉吟着，也昭示着啊

想起缺粮时节
每粒粮食都有故事
从赶牲口爷爷腰间的布袋
直到一把炒面一把雪
如此的，我们怀揣星光般的火种
火种般的泪光
双手和双膝都沾满黄土
一尊石碑
一如所有种子的祈祷
我们不仅膜拜血肉的躯体，纯洁的灵魂
亲近这片神秘土地
我的黄土高坡，高就高在
离黄河远
离银河近
向下望，那是村外黄河的一脉
是谁唱了一声喝了咱的酒
那是水中的盐，血中的泪
苍天啊，以列祖列宗的名义
你给我一碗
我敬你一杯

就知道这方泥土中为何有一种花
被久久地歌唱
山丹丹，这如心似血的花

正是我们播种于斯，心跳于斯的象征
我想到血肉的情感如水
骨头的质地如石
水与石洗磨的黄土层里
有骨气的后代一茬茬地生
子孙是遗传的骨头，信念是民族的骨头
雪山是疆土的骨头，憧憬是生活的骨头
才有，轰轰烈烈的死
坦坦荡荡的生

我知道这沉重的葬礼之后
黄土高坡将又一次苏醒
重新开始耕作
也重新开始爱情
是的，生命因为古老而拒绝死亡
人啊，抬起头来
裸露的脊背一如历史般的铜镜

燃烧的骨头

孙建军

当走弥漫的路，向上，向上
一次葬礼正缓缓而行
燃烧的，厮磨着闪烁的玉米芯灯
引领我们的双脚与灵魂
继续的亮光弥合着天地之间的缝隙
后生们哀容的队伍
如此虔诚，如此宁静
又如此地感到地远天高

我们大慈大仁的祖父祖母啊
在走向另一个世界的路上
无论先去的，还是后随的
今夜，又会在一根红绳的梳理中一道安息
不孝的，也是孝顺的我们
就联想起你们遥远的婚礼
而引领着脚印的丝线
是如此细长，又如此清晰

我们，祖父祖母的后生
洪洞城大槐树的枝叶
窑洞分娩出来的籽粒啊
为生的依靠
行走在北方的路上
招魂幡在如血的火光中撕扯寒风
这是我的老家
深黑的煤层中蕴着我的血脉
泥土的皮肤上写满了姓氏的体温
就这样倾听到了与生俱来的真切
最近的心跳，萌芽种子
最远的命运，召唤灵魂

我想到泥土与皮肉与太阳一样的颜色
想到玉米，这岁月的粮食
在喂养了我们之后
骨头，就这样默默无语地燃烧起来

这是我的老家
我想到田垄和房舍
这从干旱抗拒播种的土地啊
从春秋到演绎变日月的轮回
从欠收的小米育壮五千岁不灭的生命
盛满一只土黄的瓷碗
钱钱粥还是那样的香
这是老爷说的，叔叔伯伯们说的
同辈族兄族弟，晚辈族子族孙说的
我，又怎能忘掉其中的滋味

是的，这些玉米、谷子、豆子搁在碗中
会和整个黄土高原一样沉重
就想去崖上喊几声
从沙哑的嗓子，鼓裂的风
寻觅风尘中的质朴亲情
玉米芯灯默默无语
仿佛幽幽的月亮也在倾听
燃一串苍老的信天游

呜呜咽咽，是亘古的唢呐
就想起崖壁上的土窑
土坎上的旱井
挖掘黄土的板镢
驮着炭篓出山的牲畜
还有从头至脚置放的
石头——新砖——旧犁
想到光秃秃的山梁上
仅存的老松翠柏掩映着历代祖坟
那是不是看似哑然的古老星座
吟唱着，也昭示着啊

想起缺粮时节
分粒粮食都有故事
从悬挂在爷爷腰间的布袋
直到一把炒面一把枣
如此的，我们满怀星光般的火种
火种般的洞亮
双手和双膝都沾满黄土
一尊石碑

一如所有种子的祈祷
我们不仅牺牲血肉的躯体，纯洁的灵魂
来过这片神秘的土地
我的黄土高坡，高耸高原
看黄河远
看银河近
向下望，那是村外黄河的一脉
是谁唱过一声喝了唱的酒
那是水中的盐，血中的泪
苍天啊，以列祖列宗的名义
你给我一碗
我敬你一杯

我知道这方泥土中为何有一种花
被久久地歌唱
山丹丹，这如心似血的花
正是我们播种不断，心跳不断的象征
我想到血肉的情感如水
骨头的质地如石
水与石混凝的黄土层里
有骨气的红我一茬茬的生
子孙是遗传的骨头，信念是民族的骨头
雪山是疆土的骨头，憧憬是生活的骨头
才有，轰轰烈烈的死
坦坦荡荡的生

我知道这沉重的葬礼之后
黄土高坡将又一次苏醒
重新开始耕作
也重新开始爱情
是的，生命因为古老而拒绝死亡
人们，抬起头来
裸露的脊背一如历史般的铜镜

1991.2 草于山西吕梁山
1991.9 改于山东德州第
九届青春诗会

诗人档案

海舒（1959~ ），湖南长沙人。1978年开始文学创作，1991年参加《诗刊》社第九届“青春诗会”，迄今已在《人民文学》《诗刊》《文艺报》《星星》《诗歌报月刊》《雨花》《诗林》等国内外报刊发表诗歌、小说、文学评论等作品千余首（篇），并被收录多种文学选本，有作品在全国文学大赛获奖。出版《流浪的太阳》《纯情时代的恋歌》等专集。现居深圳。

游离自己

海　舒

我不知道把心安放何处更好
或者找个适当的地方，避开庸常
以想象的美好
择居一寓

落魄的纯洁和崇尚，痴迷依旧的人文
我无法阻止纷若落英的瑰丽与漫天飞雪的际遇

春寒陡峭，远比深冬彻骨
所以纠集还在继续，所以才会有不得已
怀念又从相守回到怀念

爱是相对的完整，两个人可以成双入对
但不可能投下一页影子，哪怕相拥没有缝隙

也无力破解风吹错位的现实

我会始终把你留在目光里
岁月静好，不想再为身边的烂漫假设虚惊
因为尘世里的深入多半是涉险
不如这样斯人如斯

游离自己

海舒

我不知道把心安放何处更好
或者找个适当的地方，避开庸常
以憋弱的美好
择居一寓

落魄的纯洁与崇高，接续依旧的人文
我无法理出纷若落英的魂魄，与漫天飞雪的际遇

春寒陡峭，这也许会结果
所以纵算还在继续，所以才会有不得已
怀念只以相守回到怀念

若是相对的完整，两个人可以成双入对
但不可能接下一页影子，哪怕相拥没有缝隙，
也无力破解风吹错位的视角

我会好好把话留在日光里
岁月静好，不想再为身边的烂漫假设虚惊，
因为尘世里的深入多半是涉险
不如这样斯人如斯

2018.8.19.深圳《宝安日报》

诗人档案

雨田（1956～　），本名雷华廷，当代诗人。生于四川绵阳。1972年开始诗歌创作。二十世纪八十年代以后，以其独立的意义写作成为巴蜀现代诗群中的重要诗人。1991年参加《诗刊》社第九届“青春诗会”。已出诗集《秋天里的独白》《最后的花朵与纯洁的诗》《雪地中的回忆》《雨田长诗选集》《乌鸦帝国》《纪念：乌鸦与雪》等。诗作入选国内外400多种选本，部分诗作译成多国文字。曾获刘丽安诗歌奖、四川文学奖等奖项，代表作品有《麦地》（长诗）、《国家的阴影》（组诗）等。现居四川绵阳。

被揭示的刀锋

雨　田

想着某一天　我将手伸给一片阳光
曾迷乱我心境的冰冷的声音从背后传来
那一阵嗒嗒的马蹄离城市远了
风在移动　苦咖啡的气息日夜流动
一种倒悬的手势靠近钟声　灵魂的孤独
泛滥于与我毫无相关的风景　那些
切割诗歌的刀锋割裂空气和鸟语
燃烧着的阳光喂着冷风洗涤的日子
人的意志被切割之后　柔情深处焚烧枯木
现在我依然面临一道雪白的河流　倾听
精细的流水之歌　作为一个诗人
我艰难而忧郁地活着　我感恩这个时代
我期待着属于我的一阵远去了的马蹄

语言的门敞开着　并不成熟的我独自而行
疲惫的脚步沉重　果实任一种忧伤凄惨而美丽
谁能摧毁横在我们面前的这堵黑墙
谁却在伸出手掌之前就被击伤　真理的本质
汇入灵魂的急流　一棵树和一种刀口
击碎灰暗的天空　那些早已溺死的语言
谁也无法拯救　落日和鸟的长鸣穿过盲者的怀抱
当我试图靠近人类的尽头时　躲在阴影里的人们
同样或是思想的歌者　我依然沉淀在一首诗中
在低垂的果实爆裂之后　谁也无法切入曙光

就这样　为了牵肠挂肚的书本我举起刀
割破时间的皮肤和水的皮肤　反复的动作
显影出一种贵族的孤高　在一个无风无雨的夜晚
我侧耳倾听着思想一般沉郁的曲子
仿佛　触摸生命的核心并穿过幽暗的季节之河
在语言的深宫里　我的锋刃光芒四射
我的诗歌象征着成长的孩子艰难地成长着
在柔韧的双手之间　我的语言摸到了死神的骨头
而我火焰般的阳光的光泽度像刀锋一样对抗
阴影的压迫　被揭示的刀锋深入人的内心
我在我的深处歌唱　并感受语言的伟大

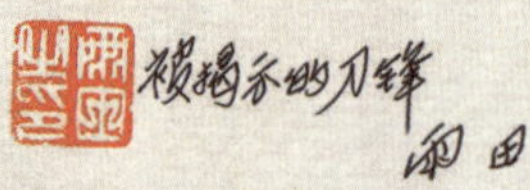

被揭示的刀锋

雨田

想着某一天　我将手伸给一片阳光
曾迷乱我心境的冰冷的声音从背后传来
那一阵嗒嗒的马蹄翻越却远了
风在移动　苦咖啡的气息日夜流动
一种倒悬的手势靠近钟声　灵魂的孤独
泛滥于与我毫不相关的风景　那些
切割诗歌的刀锋划裂空气和鸟语
燃烧着的阳光喂着冷风洗涤的日子
人的意志被切割之后　柔情深处焚烧枯木
现在我依然面临一道雪白的河流　倾听
精细的流水之歌　作为一个诗人
我艰难而忧郁地活着　我感恩这个时代
我期待着属于我的一阵远去了的马蹄

语言的门敞开着　并不成熟的我独自而行
疲惫的脚步沉重　果然是一种忧伤凄惨而美丽
谁能摧毁横在我们面前的黄墙黑墙
谁都在伸出手掌之前就被教诲　真理的本质
汇入灵魂的急流　一棵树和一种刀口
击碎灰暗的天空　那些早已溺死的语言
谁也无法拯救　落日和鸟的长鸣穿过盲者的怀抱
当我试图靠近人类的尽头时　躲在阴影里的人们
同样或是思想的歌者　我依然沉淀在一首诗中
在低垂的果实爆裂之后　谁也无法切入曙光

就这样　为了牵肠挂肚的书本我举起刀
割破时间的皮肤和水的皮肤　反复的动作
显示出一种贵族的孤独　在一个无风无雨的夜晚
我侧耳倾听着思想一般流淌的曲子
仿佛　触摸生命的核心并穿过幽暗的季节之河
在语言的深宫里　我的锋刃光芒四射
我的诗歌象征着成长的孩子艰难地成长着
在柔韧的双手之间　我的语言摸到了死神的骨头
和我火焰般的阳光的光芒像刀锋一样对抗
阴影的延迟　被揭示的刀锋深入人的内心
我在歌的深处歌唱　并感受语言的伟大

1991年5月于绵阳东河坝
2020年4月10日抄于兆家村

诗人档案

刘欣（1954~　），中国作家协会会员。1991年参加第九届《诗刊》社"青春诗会"。曾在《诗刊》《人民文学》《人民日报》《剧本》《星星诗刊》等全国报刊发表大量的诗歌、剧本、报告文学，文艺评论等。著有诗集《深情》《冰封的烈焰》，纪实文学集《光明的使者》等。诗集《深情》和《冰封的烈焰》分获第三届和第六届全国乌金文学奖一等奖，连续三届荣获《中国煤炭报》"太阳石"文学作品征文诗歌一等奖。

我在梦里醒着

刘　欣

坐在大山的膝上
畅饮清凉和馨香
山泉拨弦
引鸣蛙的轮唱
星子在松涛里游泳呢，溅飞萤火
月儿从叶缝探来亮晶晶的触须
抚平我心上的皱纹
山果红了，酿着好酒
又圆又亮的秋
从绿叶上滴下来了
我在梦里醒着
什么都不想

我在梦里醒着

坐在大山的膝上
畅饮清凉和馨香
山泉拨弦
引鸣蛙儿轮唱
星子在松涛里游泳呢，贼飞萤火
月儿从叶缝探来亮晶晶的触须
抚平我心上的皱纹
山果红了，酿着好酒
又圆又亮的秋
从绿叶上滴下来了
我在梦里醒着
什么都不想

2000年8月写于徐州九里山上
载2014年7月号《阳光》

九一届“青春诗会”随笔

宗 鄂

1

古彭城徐州，是一座具有丰富历史和文化内涵的名城。“力拔山兮气盖世”的项羽曾在此建都，也是《大风歌》作者汉高祖刘邦的故里。地面古迹处处，地下汉墓群星罗棋布，更有发掘不尽的“太阳石”，是我国重要的煤炭基地。这里也是兵家必争之地，因它的重要地理位置，自古英雄豪杰在此逐鹿争雄。这里也是淮海战役的战场，中国人民与国民党反动派展开殊死的决战，是彻底埋葬旧王朝、为新中国催生的现代战争史上辉煌的一章。

历来，文人骚客纷至沓来，或扼腕痛惜，发思古之幽情；或慷慨浩歌，唱历史的悲壮与豪迈。苏轼、文天祥在此写下了传世之作。

第九届“青春诗会”时所摄

秋风送爽的九月，煤丰诗盛。因故中断两年的第九届“青春诗会”在历史名城徐州举行，颇具特殊的意义。

应该感谢徐州矿务局文

联和《热流》编辑部的大力支持与帮助，使来自全国各地的十二位青年诗人在此聚会，如从云龙山和泗水起飞的一群秋雁，借江淮雄风而振翅翱翔。

2

“青春诗会”自1980年第一届，到1988年已举办八期。《诗刊》向读者推荐了一批崭露头角的青年诗人，他们至今仍活跃于中国诗坛。有的不再年轻了，已步入中年，走上领导岗位。但他们的诗却依然年轻，在不断的探索中突破而更趋成熟。大部分人以自己的诗作向读者显示了他们的实力，并且承上启下，继往开来，预示了诗坛的希望和未来。因此，“青春诗会”受到读者和诗界的广泛关注，并寄予厚望。青年诗人也以参加“青春诗会”为夙愿，并引以为荣。

《诗刊》领导历来重视对青年诗人的发展和培养。以历史的高度和责任心，扶植文学新人，是《诗刊》一贯坚持努力的宗旨。副主编杨金亭到徐州代表《诗刊》社领导及全体同仁向本届“青春诗会”祝贺，并向与会诗人提出希望，要求大家继续坚持“二为”方向，提倡反映时代精神的主旋律，同时强调多样化。鼓励大家努力探索，大胆创新，创作出无愧于民族和时代的、具有中国气派的好诗。

3

对现实生活的热情与关注，直接地集中地表现出现实的丰富与深邃，富于时代感和生活气息，具有鲜明的抒情个性及题材、风格的不可重复、不可替代性，是这次“青春诗会”的一个突出特点。

从耿翔的《东方大道：陕北》我们听到以质朴的陕西口音所唱的陕北组歌，表现黄土高原上老区人民的生生不息和日出而作日落而息的生存状态，以及以黄土地为代表的中国农村深层的文化结构。有深厚的生活积淀，善于从现实走进内心，结实凝重，文笔洗练精当。

杨然是一位活跃的、卓有成就的青年诗人。他文思敏捷，诗路开阔，题材广泛，也颇见功力。《唱海》几首短诗并不是他的代表性，却大体能看出他诗的个性：刚健、潇洒。我们可以感受到诗中历史和现实的沉重与寄托，冷峻中见炽热，真切中见精神。他对诗歌艺术的执着追求和强烈的社会责任感，以及率真的性格、十足的诗人气质，在诗中也有所体现。

李浔的《又见江南》对生长吴侬软语的土地的审视，对江南水乡风光和生命的营造，其独特的语汇和优雅，读来是颇为令人愉快的。轻柔中不失阳刚之美，紫云英一般鲜嫩、温润而又拙朴。

梅林的《去年的水》是另一种美丽与温柔，是另一种方式与心态。和命运之神对话，几分苏南少女的羞怯，还有几分淡淡的幽怨，韵味十足。这是一组纯净如水、浓醇如酒的爱情诗。古典诗词和现代汉语水乳交融，渗透自然。这就是梅林的诗。

《风情万千的土地》对江淮大地上淳朴的风俗民情的描绘，对乡村文化氛围的渲染，浓墨重彩，热烈奔放，粗犷明丽，可算生动。对人生状态与感受、憧憬与艰辛的暗合，刘季找到了一种恰当的方式，苦在其中，也乐在其中。写意与工笔相结合，粗中有细；传统与现代互补，语言形式分寸有度，节奏欢快却不咋呼媚俗。

张令萍的《黄河入海口》是对黄河经九曲十八折之后、入海得大自在之前一种态势的思索。满怀热忱地歌唱黄河子孙的顽强追求和内心世界的宽阔，也是今天中华民族的一曲颂歌。对生命的关注，对黄河的理解，从具体意象切入，又辐射开来，扎实而不浮泛。

阿来是诗会唯一的少数民族诗人，汉藏文化的互补是他独特的优势。民族特色和时代气息十分突出，并且有机地结合在一起，格调激越、亢奋，表现了藏族及西部草原渴望飞腾的激情。《起跑线上》《牛角号》气势雄壮，语言富于象征性和暗示性。

第九届“青春诗会”学员留影。第一排左起：梅林、孙建军、雨田。第二排左起：杨然、阿来、耿翔、海舒。第三排左起：刘季、张令萍、李浔

《岁月的风声》也取材黄土高原，也表现革命传统和对“根”的珍爱，但与耿翔的角度、风格不同，各有侧重。生活气息浓郁，笔调轻松活泼，物中见人，景中有情，诗中有我，相互交融，跳出了乡风民俗的窠臼，有自己的发现和寄寓。

其他几组诗也都在各自熟悉的背景上，以独自的方式与生活对话。或是对都市生活一个侧面的透视，有光明的投射，也有消极的阴影。或者表现心灵的独白，对现实的思考与自省，对真诚的呼唤。或者对煤矿和石油工人内心隐秘的探查，对他们高尚情怀、奉献精神及人性的揭示，都可使人获得一定的审美联想和启迪，获得真实的感受。

在此，我不想对每一位与会者的诗作一一详细地评述，尽管都可以指出一些妙处和缺憾，但还是把这个权力留给读者为好。应该相信读者的眼光，好与坏读者自有鉴定。诗选择读者，读者也选择诗。让诗接受读者的检验是重要的。

4

现实是不能回避和超越的。这是在作品讨论中诗人们意识到并明确的一个重要问题。无实际生活内容、只偏重语言形式的诗，疏

“青春诗会”期间的合影。左起：寇宗鄂、刘季、刘欣

“青春诗会”期间，指导老师与学员合影

离了读者和人民群众。玩文字游戏，不仅偏离了诗，而且是欺世。应该走出书斋，深入生活实际，并且站在一定的高度观照现实。

把自己封闭在狭隘的天地或荒坡上，仅仅表现一己情愫和点滴感受而自我陶醉，或从《辞海》《植物志》之类寻找题材、获得灵感是不够的，也不足取。生活是诗的源泉，人民是诗人的母亲。诗的现实性和人民性是无可置疑的。诗，除了揭示自我感情世界，还有启人心智、陶冶情操、升华生活的功能，使诗人和读者的情感崇高而纯粹。一个真正的有责任心的诗人，不会对民族的命运和前途，对生活其中的环境和土地采取漠不关心、无关痛痒的态度。应该体察人民群众的情绪和心声，真实而艺术地表现他们的喜怒哀乐及生存状态，表现他们的愿望与追求。如果我们不为人民歌唱，人民养育诗人又有何用?

克服随意性、贵族习气和极端个人主义的倾向是必要的。无典型意义的个人人生痛苦的咏叹和对所谓“纯诗”的迷恋与追逐，恐也难成大器。

人民对古代大诗人屈原、杜甫、白居易以至现当代一些著名诗人无限热爱和尊重，因为他们和人民的命运紧紧联系在一起。也因为郭小川、李季与大森林和油田的血肉联系，工人们至今仍深深地怀念着他们。这些事实，可以使我们引以为骄傲和沉思。

5

对于以工业为背景的诗，诗会上反映出不同认识，或有一定偏颇，值得一议。文学题材的划分是一种习惯，科学与否另当别论。诗只有题材类型的界定，但一切诗在质的面前是平等的。

工业是国计民生的命脉。工业背景是文学艺术不可忽视的领域。诚然，对这一领域的突破，仍然是诗歌探索的重要课题。应该否定的是一度的假大空和粗劣之作，而不是题材本身。当你在井下，在油田或钢城，看见那些波澜壮阔的景象和工人的艰辛奉献，绝不可能无动于衷。

这次诗会，工业题材占了一定比重，但修改过程也相当艰苦。尽管仍不够理想，却有一定尝试，注意到人和内心情感的开掘，毕竟是可喜的。

我以为，现代科技和大工业社会，对于我们仍是新鲜的事物，今天已不再是田园牧歌式的时代，科学理性进入了现代人的生活，知识准备、经验积累不足，认识有待深化。多数诗人对这类生活不熟悉，可供借鉴参照的力作不多，因此尚未找到一种契机和交切点，困惑于一种单调、浅层的对话方式。

缺少文化的渗透，也是难于突破的实际障碍。工作在生产岗位的作者，虽有生活，但文化素养及创作准备不足，难以摆脱生产过程和表象化的描述，形成了固定的模式。应该跳出单一的生活圈子，拓宽视野，拉开一定的审美距离，站在历史高度，以免作茧自缚。社会在不断发展进步，读者的审美感知能力也在不断提高。工人出身的作者也必须与时代同步，相应地提高自己，丰富和更新知识结构及观念。诗人面对的是整个世界和社会，而不仅仅是一个工厂、矿山。

对人的心灵世界的开拓，也是一个重要的因素。除了客观生活，人的心灵是一个更为广大、无限丰富的世界，且复杂而神秘，如同一个宇宙。对真诚和人格力量的发现，对真善美的呼唤，对丑陋的揭示与鞭挞，并且使之诗化，这是更加艰难而必要的。

工业题材的新突破，有待诗人们在理论和实践中继续大胆地探索。

6

对待这次诗会，诗人们是严肃认真的。讨论作品时，既对自己负责，也关心别人。友好、坦诚，体现出集体意识和荣誉感。

有的同志表示，来诗会之前很自信，自以为很成熟了，经过研讨，认识到不足，修改后确有提高。加工润饰是再认识和深化的过程。

大家深深感到“青春诗会”是一种好形式。机遇对每一个人不是均等的，参加者很幸运。但“青春诗会”不是给自己涂油彩，而是新的起点。面对诗坛的大背景，有一种紧迫感，重要的是开拓未来的路。

1991. 9 北京寄葭庐

青

第十届

第十届（1992 年）

时间：

1992 年 9 月 20~28 日

地点：

北京香山卧佛寺

指导老师：

李小雨、邹静之

参会学员（11 人）：

阿　坚、蓝　蓝、王学芯、荣　荣、洪　烛、刘德吾、白连春、陈　涛、凌　非、班　果、汤养宗

1992年第十届“青春诗会”期间，指导老师与学员们同游黄花岭长城时所摄。左起：荣荣、白连春、陈涛、洪烛、阿坚、凌非、邹静之、蓝蓝、汤养宗、李小雨、刘德吾、王学芯

诗人档案

阿坚（1955～　），本名赵世坚，生于北京，祖籍山东崂山。民间写作代表诗人之一。1992年参加《诗刊》社第十届“青春诗会”。出版有小说与诗合集《正在上道》《携酒万里行》《酒的笑话》《肥心瘦骨》等作品。长期从事搜集整理当代民谣的工作。现居北京。

河　流

阿　坚

天，贴着河面
河都在低处
波浪滚动，碰响了天空
没有风的时候
河水就像流风那样
轻盈地飘行
直到远处。整个地挂在天上
海是地球上最软的地方
那来自远山的液体
由淡变咸

较满意的一首：

阿坚

河流

天，贴着河面
河都在低处
波浪滚动，碰响了天空
没有风的时候
河水就像流风那样
轻盈地飘行
直到远处，整个地挂在天上
海是地球上最软的地方
那来自远山的液体
由淡变咸

作于1994.9
抄于2020.6.7

诗人档案

蓝蓝（1967~　），女，原名胡兰兰，祖籍河南郏县，生于山东烟台。出版诗集《含笑终生》《情歌》《内心生活》《睡梦睡梦》《诗篇》《诗人与小树》《从这里，到这里》《一切的理由》《凝视》《唱吧，悲伤》《世界的渡口》《从缪斯山谷归来》等，出版英语、俄语译诗集两部，散文集六部，出版童话六部。编著有《童话里的世界》《给孩子们的100堂诗歌课》。另著有话剧、诗剧公演。作品被译为十余种文字发表。

给佩索阿

蓝　蓝

读到你的一首诗，
一首写坏的爱情诗
把一首诗写坏：
它那样笨拙　结结巴巴

这似乎是一首杰作的例外标准：
敏感，羞涩
你的爱情比词语更大

惊慌失措的大师把一首诗写坏　一个爱着的人
忘记了修辞和语法
这似乎是杰出诗人的另一种标准

给佩索阿

蓝蓝

读到你的一首诗，
一首写坏的爱情诗。
把一首诗写坏；
它那样笨拙。结结巴巴。
这似乎是一首杰作的例外标准：
敏感，羞涩。
你的爱情比词语更大。

惊慌失措的大师把一首诗写坏。一个爱着的人
忘记了修辞和语法。
这似乎是杰出诗人的另一种标准。

2006年
抄于2020年6月

诗人档案

王学芯（1958～　），生于北京，长在无锡。中国作家协会会员。参加《诗刊》社第十届“青春诗会”。获《萌芽》《十月》《诗歌月刊》年度诗人奖，获《中国作家》《扬子江诗刊》双年度诗人奖，获《诗选刊》《现代青年》年度杰出诗人奖，获名人堂2019年度“十大诗人奖”，《空镜子》获中国诗歌网2018年度十佳诗集奖。部分诗歌译介国外。出版个人诗集《可以失去的虚光》《尘缘》《空镜子》《迁变》《老人院》等十二部。

巨　石

王学芯

巨石在黑暗中长高
巨石浮在青草上幻想
巨石掸掉灰尘　借助风
巨石扼住闪电的嚎叫

巨石在夜的边缘发亮
巨石轻于一片木叶
一刹那巨石像只鸟
从我静止的心尖掠过

巨石

王学芯

巨石在黑暗中长高
巨石浮在青草上幻想
巨石摔掉天空 借助风
巨石掳住闪电的嚎叫

巨石在夜的边缘发光
巨石移于一片木叶
一刹那巨石像只鸟
从我静止的心头掠过

——摘自第十届青春诗会《诗刊》
1992年12期《精神笔记》

诗人档案

荣荣（1964～　），女，原名褚佩荣，出生于宁波。参加过《诗刊》社第十届“青春诗会”。出版过多部诗集及散文随笔集等，曾获首届徐志摩诗歌节青年诗人奖、新世纪十佳青年女诗人、第五届华文青年诗人奖、第二届中国女性文学奖、2008年《诗刊》年度优秀诗人奖、2010～2011年《诗歌月刊》年度实力诗人奖、2013年度《人民文学》诗歌奖、2014年度中国作家出版集团优秀作家贡献奖。诗集《看见》获全国第四届鲁迅文学奖。

露天堆场

荣　荣

一眼就能看到的那个露天堆场
通常都很寂静　一片开阔地
许多货物被打上戳记
集体堆放
一群患难朋友
那总是些从外表上很难识别的贵重物
曾被放进去的那双手珍惜
现在它们堆置在露天　出奇地安静
偶尔顶一块军用雨布
像一群衣履不整的孤儿
我总在担心　当它们终于回家
是否还完好无损

有一天我曾给你邮寄过一件礼物

我在邮包外打上这几个戳记
“怕湿”“向上”“小心轻放”
现在你是否能想起并找到
你从没向我提起　我也羞于询问
带着这些提请注意或恳求的符号
她是否已找到一心投奔的温暖
我怕知道她现在的境况
若她挨淋、倒置或被重重地敲打
流泪的是我的眼　破碎的是我的心
颠覆的是我曾赖以支撑的梦幻

露天堆场

荣荣

一眼就能看到的那个露天堆场
通常都很安静　一片开阔地
许多货物被打上"☂""⇈""🍷"
集体堆放　一群素昧朋友
那多是些从外表上很难识别的贵重物
曾被放进去的那双手珍惜
现在它们堆置在露天　偶尔
顶一块军用雨布　衣不蔽体
出奇地安静　似有一腔冤屈
我总在担心　当它们终于回家
是否还完好无损

有一天我曾给你寄过一件礼物
我在邮包外打上这几个戳记
"怕湿""向上""小心轻放"
现在你是否能想起并找到
你从没向我提起　我也羞于询问

带着这些提请 注意我恳求的辞了
她是否已找到一个投奔的温暖
我怕知道她现在的境况
若她挨淋 倒置或被重重地敲打
流泪的是我的眼 破碎的是我的心
颠覆的是我曾赖以支撑的梦幻

1992.2.11.

诗人档案

白连春（1965～　），生于四川省泸州市沙湾乡。1992年参加《诗刊》社第十届“青春诗会”。出版诗集《逆光劳作》《被爱者》《在一棵草的根下》《一颗汉字的泪水》，散文集《向生活敬礼》，小说集《天有多长地有多久》。中篇小说《二十一世纪的第一天》获《中国作家》优秀作品奖，《拯救父亲》获中国小说学会排行榜中篇小说类第三名。

羊

白连春

我看见羊
和我一样在泥土中走着
寻找草、树荫和拦羊的老汉
羊很小脚印却很大
我跌下去爬半天才上来
羊的肩膀在风中　总轻轻颤动

我感伤得不知道是流泪好
还是　不流泪好
羊一群一群被时间杀死
又一群一群从道路中长出来
一副认真、顽强和纯洁的样子
使我一次又一次禁不住
要走到它们中间去
在陕北　能够做一只羊
是幸福的

羊

我看见羊
和我一样在泥土中走着
寻找草　树荫和拦羊的老汉
羊很小脚印却很大
我跌下去爬半天　才上来
羊的肩膀在风中　总轻轻颤动
我感伤得不知道是流泪好
还是　不流泪好
羊一群一群被　时间杀死
又一群一群从道路中长出来
一副认真　顽强和纯洁的样子
使我一次又一次禁不住
要走到它们中间去
在陕北　能够做一只羊
是幸福的

诗人档案

陈涛（1959~　），浙江杭州人。中国作家协会会员。1986年开始文学创作，1992年参加《诗刊》社第十届“青春诗会”。作品发表在《诗刊》《人民文学》《中国作家》《诗歌报》等报刊。出版诗集《青铜时代》《加入大时代》《盘旋在你的领空》，主编诗集《青春中国》等诗文集十余部。

漫山遍野的蝴蝶

陈　涛

这么雄伟的山也有云翳的庇荫
也有绵软的绒球轻拭汗水
在暮秋的额头
是什么风叩响我的草扉
一望无际的银亮小帆升起
手捧露湿的唱本喧哗

我不知道她们是谁
銮佩叮当的凤舆晃过眼前
巨大的山岚招呼一同上路
这群小姐妹　从雾的浪花中钻出鼻孔
目光的雨水　痛快淋漓

世界真美

这个世界　浅色小花缀满我的肩头
袅娜的身段　我透体晶亮的小爱人
在唇边打开峡谷的丛书
递给我编织千年的呢喃

这么多的蝴蝶翩翩起舞
把天庭的种子播向人间
我没有防备
赤脚奔跑的野孩子
我未许配的女儿围坐膝前
娇嗔　清纯
似水柔情涌遍周身

漫山遍野的蝴蝶

陶春

这么雄伟的山也有云翳的庇荫
也有绵软的绒球轻拭汗水
在暮秋的额头
是什么风吹响我的草扉
一望无际的银亮小帆升起
手捧露湿的喝采喧哗

我不知道她们是谁
叠佩丁当的风舆晃过眼前
巨大的山岚招呼一同上路
这群小姐妹　从雾的浪花中钻出鼻孔
月光的雨水　痛快淋漓

世界真美
这个世界　浅色小花缀满我的肩头
袅娜的身段　我透体晶亮的小爱人
在唇边打开峡谷的丝带

莲给我编织千年的呢喃

这么多蝴蝶翩翩起舞
把天庭的种子播向人间
我没有防备
赤脚奔跑的野孩子
我未许配的女儿围坐膝前
娇嗔　清纯
似水柔情涌遍周身

诗人档案

凌非（1970~　），江西安义人。中国作家协会会员。参加《诗刊》社第十届"青春诗会"。诗歌《经过树林》分别入选大学中文系教材；诗歌《青蛙》《鹦鹉》入选全国小学生课堂读物《日有所诵》一年级下学期、二年级上学期教材；《为老师画像》入选小学课外读物《小学生朗诵诗100首》；连续五届徐志摩微诗奖获得者。出版诗集《金黄金黄的草帽》，长篇小说《天囚》《健身男女》，电视剧《康熙微服私访记》第五部（合作），《刁蛮公主》第二部，并有报告文学《中国媒体记者调查》《下一个是谁？》等作品问世。

蚯　蚓

凌　非

1

无声的爬行

一直在寻找

寻找

自己的骨头

2

蚯蚓

在弹奏

弹奏

大地

在雨后

在夏季的炎热中

在背阴处
光影的笛子伴奏
忽明忽暗
其他都是无声的
于树木高低起伏的
节奏中
唯有道路的歌声
远去

其他都是无声的

蚯蚓

唐非

1

无声的爬行
一直在寻找
寻找自己的骨头

2

蚯蚓
在弹奏
弹奏
大地

在雨后
在夏季的炎热中
在背阴处
光影的笛子伴奏
忽明忽暗

其它都是无声的
于树木高低起伏的
节奏中
惟有道路的歌声
远去

其他都是无声的

二〇二〇年六月

诗人档案

班果（1967～ ），藏族，青海化隆人。1981年开始发表作品，1992年参加《诗刊》社第十届“青春诗会”。1994年加入中国作家协会。著有诗集《雪域》，长诗《达娃》《藏民》《布达拉》《赞歌》，组诗《牧人的诞生及其他》《人的世界里》《经幡飘拂的土地》等，小说《龙驹江麦的末日》《雷电中的羔羊》，散文《走马俄洛》《父亲和人类的天堂》《寻找护法神》，发表有长、短诗二百余首，小说、散文、评论二十余篇。

母 亲

班 果

这时候
母亲们的身影却闪现在清晨

这时候
群山如同黑色的犊群
纷纷卧下，聚集在她的周围
两边修长的蓝天仿佛
一对滑过长空的晶莹羽翼
安详地栖在她的肩头
原野尽头的一面经幡
向她打着不变的旗语
仿佛是从天外发来的消息
告诉她这里是纯洁的新世界
没有云像集结的强盗

不在她的鞭声中逃散
没有山像凶恶的猛犬
不在她的抛石下俯首称臣
没有花朵像剧院里的听众
不在她的歌声中颤栗
没有草原像一个绿色的使者
不在她的通知中准时到来
只有风仿佛隐形的情人
为她撩起沉重的裙袍
只有水仿佛闪亮的奴仆
携着游牧的畜群遍访大地
为她洗濯发光的胴体

一条狭长的谷地
两头并铨的牛
一阵雨
她撒下嗡嗡鸣叫的青稞
大地立刻喧哗着翻起闪耀的绿波
一块沉默的岩石
一条汹涌的溪流
她打开闸门
笨重的石头开始旋转歌唱
一副脚蹬
一具马鞍
一根细巧的鞭子
她牵动身下的山脉
一座高原跃上了天空

羊羔

顾城

这时候
羊羔们的身影却闪现在清晨

这时候
群山如同黑色的犊群
纷纷卧下，聚集在她的周围
两边修长的蓝天仿佛
一对滑过长空的晶莹羽翼
安祥地栖在她的肩头
原野尽头的一面绿墙
向她打着不变的旗语
仿佛是从天外发来的消息
告诉她这里是纯洁的新世界
没有云像受惊的羔羊
不在她的鞭声中逃散
没有山像凶恶的猎犬
不在她的抛石下俯首称臣
没有花朵像剧院里的听众
不在她的歌声中颤栗
没有草原像一个绿色的使者

不在她的通知中准时到来
只有风仿佛隐形的情人
为她撩起沉重的裙袍
只有水仿佛闪亮的奴仆
携着游牧的畜群遍访大地
为她洗濯发光的胴体

一条狭长的谷地
两头并辕的牛
一阵雨
她撒下嗡嗡鸣叫的青稞
大地立刻喧哗着翻起闪耀的绿波
一块沉默的岩石
一条汹涌的溪流
她打开闸门
笨重的石头开始旋转歌唱
一副脚镫
一具马鞍
一根细巧的鞭子
她牵动身下的山脉
一座高原跃上了天空

诗人档案

汤养宗（1959~　），福建霞浦人。曾在海军水面舰艇部队服役。现居闽东霞浦。1992年参加第十届“青春诗会”。出版诗集《去人间》《制秤者说》《一个人大摆宴席汤养宗集1984~2015》等七种。先后获得福建省政府百花文艺奖、《人民文学》诗歌奖、中国年度最佳诗歌奖、《诗刊》年度奖、新时代诗论奖、第七届鲁迅文学奖诗歌奖等奖项。

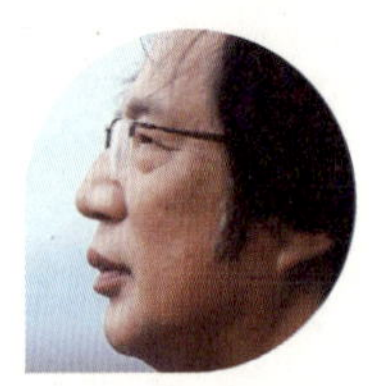

房　卡

汤养宗

在东方，人与万物之间的隔阂其实是光
现在，这把房锁正在阅读我手里磁卡上的密码
当中的数据，比梦呓更复杂些，谁知道是
怎么设置的。结果，门开了
相当于一句黑话通过了对接，一个持有
房卡数据的人，得到了
幽闭中凹与凸、因与果、对与错的辨认
里头有个声音说，不要光
这里只凭认与不认。但黑暗
显然在这刻已裂开。这显得有点不人间。
许多人同样不知道
从这头通向那头的事并非是人做的事
它“嘀”的一声就开了，并不理会
开门者是谁，并不理会这个人就是诗人，以及

他打通过无数的事物
命活与命死只凭那些数据
只凭约定好的呼与吸、隐与显、拒与纳
它不信别的

房卡

在東方，人与事物之间的隔阂其实是光
现在，这把房锁正在阅读我手里磁卡上的密码
当中的数据，比梦呓更复杂些、谁知道是
怎么设置的。结果，门开了
相当于一句黑话通过了对接，一个持有
房卡数据的人，得到了
幽闭中凹与凸，因与果，对与错的辨认。
里头另个声音说，不要光
这里只凭认与不认。但黑暗
虽然在这刻已裂开，这里仍有点不人间。
许多人同样不知道
从这头通向那头的事并非是人做的事
它"嘀"地一声就开了，并不理会
开門者是谁，並不理會这个人就是诗人，以及
他打通过无数的万物
命活与命死只，凭那些数据
只凭约定好的呼与吸、隐与显、拒与纳
它不信别的

作于2011.6.20
阳書宇

听钟声悠悠响起

——1992年“青春诗会”侧记

李小雨　邹静之

一九八〇年盛夏，北京，《诗刊》社第一届“青春诗会”。

一九九二年初秋，北京，《诗刊》社第十届“青春诗会”。

香山卧佛寺，幽幽古刹，缈缈香火，缓缓钟声。十一位青年诗人，抛却了尘世的喧嚣，吟哦于松影流水之畔，埋首于文章诗行之间，营建着另一个世界。这就是今年的“青春诗会”。

十年一个时代。

十二年一个轮回。

十二年里，年轻的诗人们曾追求过掌声、欢呼、泪水和一块需要世人承认的领地。而眼前，这十一位诗人对那些曾是热烈的追求抱有一种超然的淡泊，他们在潜潜的交流中，流露出对一个纯净世界的向往，祈望着心灵的飞扬。

十二年里，从第一届到第十届，北京辽阔的夜空依然灿烂，稿纸上的暗香依然浮动，花开花落，星移斗转，每一天都好像是多年前的重现。但时间说明了什么？滔滔流水已不是原来的那条江河，音容笑貌也早已更迭了十次，剩下来的只是

唯诗永存。

唯青春永存。

这是《诗刊》对历史和青年诗人们的深切祝愿。

一

与往年诗会那种昂扬激奋的色调不同，92诗会笼罩在一种平和、宁静、温馨的氛围之中，宛如寺下明澈清亮的山涧，淌过每个人的心田。它与山谷间缭绕的烟云、回荡的钟声似有一种暗暗的默契，在人和山野、宇宙的交融中，一种安详、一种神圣正悄然降临。

对近年来诗歌的沉寂，青年诗人们有一种冷静的认可。

世界范围内的经济大潮，将人类置于物质与精神的更为激烈的冲突中。世上的一切，无论物质还是精神，都被放到商品市场的磅秤上去重新估量标价。于是，诗的价值旁落，为诗的前途苦恼和忧虑已成为世人不可理喻的笑话，诗人陷入了空前的窘境。

而中国诗歌面临的境况更为复杂。自“五四”以来仅只短短的七十多年时间，新诗从无到有，建立起自己不朽的丰碑，逐渐形成了言志抒情与民族命运息息相通的现实主义传统。但也历经磨难，遭受了许多诸如过分强调配合政治任务以及提倡“全盘西化”“反传统”诸因素的干扰，使它本应构筑的体系很不完备。许多困惑，在诗歌创作进一步深入时便渐渐显露了出来。比如诗歌的文体，这种从西方横向移植过来的自由体形式，从一个字的诗到只能用声音来传达的信天游等，分行排列的意义何在？这种外在形式于新诗自身独立的价值何在？再如诗歌语言的组织，如何把握文字游戏与汉字可能性之间的界线？在语言和意识之间如何能够建造起一个同构的关系？等等。这就是说，艺术创造没有永远的峰巅，诗越往前走，就越进入一定的难度。青年诗人们比起前辈诗人们明显的功力不足和对理论陷入的盲目，使许多人能够举旗称派却在实践面前软弱无力，疲惫委顿，这些都使诗歌渐渐脱离人群，被人们忽视甚至遗忘。

大家觉得，我们应该心平气和地看待诗歌目前的处境，这不一定是件坏事，或者说是很正常的。因为诗回到了它应有的位置，它不再肩负能够产生轰动效应的政论文章的重负，所谓文字的沉寂也许正是文学的回归，这更符合文学及社会的自身规律。它纠正了我们以往对诗歌的期望值过高造成的某些虚假的错觉，寂寞恰恰能促使诗走上一条踏实务实的道路，锻炼诗人们的能力，磨砺诗歌的光芒。而诗歌作为人类心灵的回声，作为面对社会和宇宙的思考，作为敲响历史的晨钟，它对现代文明带给社会的种种弊端的净化，它的崇高和美丽，任何时候都不会消失，它将与人类同在。

二

暗红色的禅房、石阶、瓦檐、青灯一盏，陪伴诗人们度过了八个夜晚。悟禅与悟诗，可是谁安排的天作巧合？古树、归鸟、溪声，游人无踪的静夜思，青年诗人们便从这里进入心灵。白天坦诚犀利的论争，此时都化做一潭净水，认真清理自己。他们或有顿悟，或感危机，或锦上添花，或重筑楼台。几番苦思，几番誊写，那禅房彻夜的光晕总让人悟到些什么。

阿坚是诗人中最年长的一位，也是诗会中颇有长兄风度的班长。他比起所有人都更有勇气开拓自己的生活。他曾徒步行走了大半个中国，在生命的探险中并行他的艺术探险。精神的浪迹与对世俗的洒脱使他奇想联翩，然而他始终没有离开过诗。也许正是为了那一本本打印的诗稿，他才甘于淋漓尽致地披露灵魂，自我调侃。关注人生、突如其来的巧思与赤子少年般的一往情深，常常奇妙地糅合成他特有的诗情。

在新近创作的这组诗中，阿坚以一个老北京的眼光聊了些陈年旧

第十届“青春诗会”期间，蔡其矫、蓝蓝、李小雨、荣荣（左起）在一起

事，唱了些城市民歌，用邹静之的话来说，就是：趴着看人生。趴着看的结果，就看见了大杂院和小胡同的底蕴，一种生活方式在现代文明冲击下的无可奈何的解体，而更潜在的危机是在画面之外的平民的心态，他们的心理空间受到的挤压和惶惑。墙内是温馨却封闭，墙外是冷漠却鲜活，正是这传统与现代抉择的矛盾和两难的境地，组成了阿坚诗的魅力。趴着看人生，在引车卖浆者流的身上，作者采用了非典型化的手法，松散、平淡的细节描写很有些冷峻且幽默的味道，使平民圈内的人情世态俗到极致，而后大雅。趴着看人生，用如此地道的京派口语和皇城根儿下老北京自慰自足式的幽默和狡黠给略带悲哀色彩的现实以轻喜剧方式的处理，使你在笑过之后，总感到诗的背后还藏着些什么，这也是深入到骨子里的一种韵味儿。

文学的价值就在于它对人类文明进程的责任。用老北京的话来说，就是希望阿坚在自己寻得的这条道儿上：抡圆了侃！

蓝蓝的诗，使人感到一种滤后的纯净，一种从容不迫的辽远的忧郁。犹如面对风中芦苇，只能静静地独自倾听。也许因为从小就接受山野哺育，蓝蓝对自然的热爱带有一种血脉的亲情。恤于幻想和孤独的诗人气质又使她异常敏感，在最微小平易的草木苇叶上注入柔婉明澈的诗情。自然于她，已不是一种客观外部的存在，而是精神世界的对话者。然而面对大美，她的诗中却总也摆脱不了一抹淡淡的阴影。是时间的永恒和万物的短暂使失去永不复来，使我们面对的风景永远只成为偶然。这流逝的刹那体现了生活的深刻。从这一点上说，她所描绘的风景也是自我的写照，是现代人充满爱怜、怀念和痛苦的心。

蓝蓝善于使用语言，干净、简练、含蓄，不多几字便将诗意概括得生动传神，富于变化性的节奏更增添了诗的情韵。但愿她的诗只是精美而不是脆弱，在捧起它的时候，不至喃喃自语：可千万别碰碎了呀！

虽然从广义上说，一切诗歌都是情诗，但荣荣与洪烛却从不同的侧面给爱情诗以不同的诠释。荣荣的诗如其人，朴实坦诚炽热，这位研习理工出身的女诗人认为写诗是很本真的事，只要表现一种随意，一种真实的自我就行了。她的爱情诗是建构在古典式的神圣之上，她对爱的期望是一种惧怕破碎的理想的美。在诗坛曾掀起的寻找女性意识、对爱情的迷失、陷落和扭曲的大潮后，她的单纯与真情，便让人体会到纯粹爱情的魅力，在善良的天性和传统的美德之中，获得宽慰和宁静。当然，从另一个角度讲，古典化的感情在价值取向上新意无多，荣荣的爱情诗也因其情节性、场面性和情境性造成了一定的铺叙程式，因此，她的诗不是靠机巧的词语搭配和睿智的警句取胜，而是靠营造机智的整体意象来发展和突破，建立起引人入胜的戏剧效果和隽永的趣味。洪烛是位多方位、多角度创作的诗人。这位在茫茫都市里孤军奋战的勇士，可能由于学校与出版社构成了他生活的主要内容，他的诗便具有稳健的气质和文人式的浪漫，于工整晓畅的节奏和美的意象中融入了更具时代感的内容。鉴于现代人对爱情的把握往往处于不确定的状态，他的爱情诗的表露也更为复杂和迷茫，“地址不详”，“下落不明”，其模糊性给了爱情以更广阔的空间。洪烛对诗崇尚理性和操作，他的趣味性似较多地来源于书本或理念化的智性，这些，构成了他的诗较浓的书卷气。“熟能生巧”和“过熟则流”，在这两者之间，洪烛似应注意把握尺度。

二十二岁的凌非是这次诗会中最小的。这位江西省第一位参加“青春诗会”的小弟弟，以他的灵气和糅古入今的独特风格在诗会中显露了较强的实力。他热爱古典文学，惊叹汉字表情达意的神奇功能，这种“汉字崇拜”使他在诗在气质上、意蕴上、感情上和语言上都呈现出浓厚的古意。这种对传统的吸收和认同在青年诗人中极为少见。他的诗气魄宏大，意境开阔，巧思与警句甚多，文字上颇有意蕴空间。那种融于全诗的对生命的彻悟和留恋都得力于中国式的超然，在他的诗的背后，是民族文化传统的大背景。

但作为一个当代青年人，凌非的狂放似乎沉溺于奇巧与空想之间而显得“虚”“飘”，他对古意的借用也时有盲目，空美繁杂而欠扎实。如何使陈旧生出新意，如何保持汉语的一份古朴雅致，如何将传统不留痕迹地植于当代生活之中，使古意不脱离现实性和社会性，在这些问题的解决中，他将会日见老到。

诗会中两位江南诗人的作品不约而同地呈现出心灵的历程与骚动。王学芯对刹那感觉的捕捉和象征意义的建立颇下功夫，他用轻灵的语言使一秒钟的光芒停顿并在咫尺之间营造起一串串鲜明精美的小诗的天地。他的诗初读时容易滑落，需再三把玩，才能感觉到内里的透彻、纯净和光芒。小诗虽短，融于天、地、石、火的空间却很大，然而又集于一心，时间的无限延长又止于一点，这种感觉恐怕是生命历经沧桑后的一种浓缩吧。与王学芯的凝固美不同，陈涛的诗却充满不安和涌动。虽然他主张少动声色，寓生活的伤口于平和之中，但在细腻婉转的诗句下，仍能发现一个生命急切地呼唤。流浪者寻找灵魂的家园，现代人永远的精神远行，命运的代名词便是奔马、血液、水、石阶和尘土。这些独白式的感叹里并行着失落与期望，显示了作者真实的人生。

不过，这两位作者在生活中处处寻找哲理，寻找大境界，似乎已成为一种重负。这种过分刻意的追寻造成了一种阅读过程中的沉重感。过多的意象，终使其有时失于杂芜和雕琢，挤压了诗人自身的空间，坠住了诗歌张开的翅膀。

白连春、刘德吾、汤养宗和班果，似乎更多的是关注曾经亲身体验过的生活。他们之中，有着农民、渔民、牧民的不同经历，各自把握着这珍贵的创作源泉。白连春似讷讷地长在荒坡上的瘦瘦禾苗，他的每一片叶子都力图写出诗来。他曾再三地说起饥饿的感觉，在家乡没有电灯的夜晚，这位饥饿的青年农民的诗，充满了对不可抵御的命运的冲动和真情。但陕北之行对这位蜀地农民却终究是陌生的，以致他这次的诗作似乎更多地凭借以往的写作经验，显得匆忙而泛泛，而他也省悟到，诗一旦形成了经验就要犯错误。他准备休耕过后，再一次深深的播种。刘德吾的诗都围绕着土地，与白连春不同，这是以怀念承载的乡土。小城与故乡拉开的时空使他不是单向度地摹写农村，而是加入了城市日常生活的情趣，并过滤掉某些原始的粗粝，带有纯净的玲珑。可见诗的“大”“小”并不由题材决定，诗的感召力也不尽在浩荡与席卷之中，刘德吾尽可以在“大诗”与“小诗”之间寻得自己的“真诗”。汤养宗的海洋诗在潮湿腥咸之中展开了另一层人所不知的蓝色空间。他用绚丽奇幻的语言和多变的意象带领读者抵达海洋，抵达海与陆地、天空、万物相通又对应的深处。这是一种可贵的探险和尝试。他认为，是语言把他带到了一个更空阔的地带。但对语言的刻意追求亦会导致意象的过于密集、费解并割裂感情。说到底，还是把握好一个“度”的问题。班果，这位出生在阿尼玛卿雪山脚下的藏族青年诗人，以他高亢的歌声、奔放的舞姿和神秘的雪域文化故事迷住了大家。而他的诗也体现着他的追求：对土地与民族的深情与爱。他渴望站在世界屋脊上更开放地看诗歌，将石头与经幡纳入现代意识和古老的传统文化的大一统中。他构想并实践史诗，当然，作为史诗的辉煌性还要与其深刻性并行才会更加动人。

禅房说诗，诗是一本打开的书。朋友们将不尽的话题意化于字里字外，说者点得虔诚，听者细品所悟，从大的有限，到小的无限……

禅说：入无穷之门，游世极之野。让我们共同跨入那门，探那最高的诗之境界吧。

三

参加这届诗会的青年诗人们呈现出这样一种整体倾向：追求对纯诗的全身心的亲近。他们对奢谈理论已不太热衷，而更埋头于自己的创作："要有内视的东西推出自己"，"最终要拿出好作品来说话"。他们的作品整体风格趋于平和、沉稳和抒情，而不再是对政治和重大题材的轰轰烈烈地卷入配合，也不是沉重、喧嚣和嘶哑的刻意追求，对社会人生，入乎其中，出乎其外，促成作者对诗的审美把握。他们要求自己的诗"于浮躁后趋于清淡，少动声色"，更加自觉地进入诗的本质。

诗人们在更加宽容别人的同时，强调写自己的感受，寻找适合于自己的表现方式、语言效果和创作风格。这次诗会的作品异彩纷呈，各具特色。这使我们的诗坛有可能指向诗人个性的无限的丰富。与此同时，多种多样建设性的探索和尝试又为我们提供了成功与失败两方面的经验，提供了可供批评的对象。

诗会上，大家还对情感质量、继承与创新、语言和技巧等问题展开了讨论，认为需要把东方式的感悟渗透到对事物的理性的把握中去，把诗人内心的现代感沉潜到民族传统的创作形式中去，否则路窄了就走不远。诗应该切入现实人生大气一些，单纯追求机巧，巧多了就会变成"小巧"。尽管我们身在生活之中，也确有真情甚至冲动，但为什么写出的作品却仍无说服力？表面化，浮浅，空泛或造作？说到底，还是对生活的感悟问题，情感质量的问题。须知，诗人笔下的黄土地、大海、山河等等意象都是大象征，是生存其上的民族、民风、文化圈的指称，它们汇成人们熟知的代码，而我们头脑深处想当然的歌颂淳朴善良、感恩式的膜拜庄稼、寻根式的缅怀乡土和对贫穷的廉价同情……这使我们不能触到生活的真实底层，触到的不是直接的生活，而是那些概念。一些现象的、细节的真实也仅仅只是某些外在和局部。惯性的写作方式和虚假的感情使诗人尽在意象的变幻、语言的组合、结构的机智和人为的气蕴上下功夫，致使诗歌的情感大量流失。更何况即使是真情实感，也还面临着体验的深浅、情感把握的偏差和情感的表达能力（看到了不会写或根本没有看到）等问题。诗人们认为，只有当作者把自己与创作对象的命运联在一起并让自己的心灵与之交流、冲撞、融合，才会有超越语言、概念的生命体验，才会有独特的情感和启悟。唯有此时，感情才带有美学价值的深刻性和普遍性，才具有超密度的质量，才使诗歌获得灵魂。唯有此时，诗才诞生。

再聚首，时光已过二十四年。1996年，“青春诗会”第十届学员聚会陶都宜兴时合影。左起：陈涛、阿坚、王学芯、汤养宗、蓝蓝、荣荣、班果、凌非、洪烛

那么，我们的诗歌是否还缺少些“魂”？

不是小聪明，不是随行就市的写作。面对于寂寞中默默前行的诗歌，诗人应该做些什么？

……讨论使人沉思，而歌声使人生动。在卧佛寺谈诗的日日夜夜里，总是钟声隐隐，歌声相随。最难忘的是每晚每晚，伴着点点手电筒光，十几条身影或横斜于山涧，或散坐于花丛，民间俚曲，西洋咏叹，流行歌曲此起彼伏，直到月上中天，山静泉涌，周身冰冷，心中火热，方才踏着层层石阶漫步回房，于朦胧夜色中，彼此能听到对方的脚步和心音。《走西口》被公推为“会歌”，是因为它的缠绵酣畅，还是因为它的淋漓尽致？对着一个个消失于远天远地的身影，长吼一声

“哥哥你走西口——”，似乎比一切告别的话还久远。

九二年“青春诗会”结束了，钟声沉沉涌起，响彻四方。这钟声响自茫茫天宇，响自我们心中，这是文学的钟声，超脱物欲的钟声，召唤的钟声，深厚而博大，它是一种信仰和精神。

本次“青春诗会”，《诗刊》社副主编杨金亭和编辑郑晓钢、唐晓渡到会看望了大家并进行了座谈。会议期间，老诗人蔡其矫、青年诗人西川、《人民文学》杂志诗歌编辑陈永春等也到会与大家畅谈。时正逢92北京国际啤酒节，华辰集团有限公司管昌平总经理也亲自驾车送来优质北京啤酒，为诗会助兴。特在此深表感谢！改稿之余，诗友们还游览了行人无踪、雄伟奇险、充满野趣的黄花岭长城，参观了曹雪芹故居、北京植物园等名胜。

1992.10. 北京